HEYNE
BÜCHER

In der Perry-Rhodan-Reihe
sind als Heyne-Taschenbücher erschienen:

Terra in Trance · Band 16/368
Das Aralon-Komplott · Band 16/369
Welt der Prospektoren · Band 16/370
Luminia ruft · Band 16/371
Das Gremium der Vier · Band 16/372
Deserteur der USO · Band 16/373
Die Wurzeln des Todes · Band 16/374
Halo 1146 · Band 16/375
Die Toleranz-Revolution · Band 16/376

PERRY RHODAN

TRÄNEN VOM HIMMEL

Eine unheimliche Macht bedroht Marvon – und nichts kann sie stoppen

Ein Planetenroman von

ARNDT ELLMER

Originalausgabe

WILHELM HEYNE VERLAG
MÜNCHEN

PERRY RHODAN
Nr. 16/377

Redaktion: Klaus N. Frick

Printed in France 1994
Umschlagillustration: Alfred Kelsner, Bünde
Umschlaggestaltung: Atelier Ingrid Schütz, München
Satz: Compusatz GmbH, München
Druck und Bindung: Brodard & Taupin

ISBN 3-453-07619-2

1.

Wie immer begleitete ihn ein Teil der Haus-Bosthos auf seinem Weg. Sie lärmten und tobten herum, und jeder hatte einen besseren Vorschlag als der andere, wenn es darum ging, wie Jimm Forlan den Tag gestalten sollte. Als ihm der Lärm zuviel wurde, blieb er stehen und drohte mit der Faust.

»Denkt daran, daß ich zur Hypno-Schulung gehe. Ich bin ein wenig früh dran, weil ich die Morgenluft genießen will. Nicht mehr und nicht weniger. Also laßt mich mit euren gutgemeinten Ratschlägen in Ruhe.«

»Ballspielen ist besser.« Kellermeier zauberte einen Ball aus Plastik hervor und begann mit seinen langen, organischen Greifarmen auf ihn einzuschlagen. »Wer wird Tagesmeister in der Stadt?«

Augenblicklich vergaßen die Kugelförmigen, daß sie eigentlich Jimm hatten begleiten wollen. Sie suchten sich einen geeigneten Platz und begannen ihr verrücktes Spiel. Ihre lärmenden Stimmen hallten noch eine Weile hinter ihm her.

»Sabbelschmitt läßt mal wieder jeden Ball durch. He, wo steckt eigentlich Küchenschulz?«

Lange würden sich die Anwohner die Ruhestörung nicht gefallen lassen. Jimm bog ab, machte einen Umweg. Er hoffte, dadurch seine Spur zu verwischen. Um diese Morgenstunde ließ sich so gut wie keine Menschenseele draußen blicken. Die Einwohner der Stadt schliefen noch, behütet und beschützt von den Institutionen der Stadt, den Automaten, dem Office, den Dedicateds und dem Regenten persönlich.

Bald jedoch bemerkte Jimm, daß er nicht allein war. Jemand folgte ihm; anfangs dachte er, daß die Angestellten ihren Spaß am Fußball verloren hatten. Als er jedoch einen Haken schlug und zwischen zwei eng beieinander stehenden Säulen hindurchspähte, erkannte er, um wen es sich handelte. Sie waren zu zweit, jeder knapp zwei Meter groß. Eine Patrouille, mehr nicht. Und doch spürte Jimm dieses eigenartige Kribbeln im Magen, das ihn warnte.

»Geh ihnen aus dem Weg. Sie sind konditioniert, aber man weiß nie. Manchmal soll es schon Fälle gegeben haben, in denen diese Konditionierung versagte. Ich möchte nicht, daß du einem fehlerhaften Androiden in die Hände fällst.«

Die Worte seiner Mutter gaben ihm zu denken. Er muckste sich nicht, und tatsächlich gelang es ihm, die beiden Kunstwesen an der Nase herumzuführen. Sie folgten der Rampe nach unten, während er im Schutz der Säulenhalle fünfzig Meter rückwärts ging und dann einen anderen Weg an sein Ziel wählte. Von der Androiden-Patrouille bekam er nichts mehr zu sehen, und als die dunkle Öffnung des Zugangs zur Wendeltreppe vor ihm auftauchte, atmete er unwillkürlich auf. So schnell es seine Beine und sein Gewand zuließen, erklomm Jimm Forlan die Stockwerke und trat auf die Balustrade hinaus. Dicht an der Brüstung hielt er an und begrüßte die Morgensonne.

»Talfor, ich sehe dich. Talfor, ich rieche dich. Balaton, wenn du dabei sein könntest. Es ist wunderbar.«

Der junge Mann hob die Arme und hielt sie über die Brüstung hinaus. Ein leichter Wind blies von unten herauf, der erste, den er in diesem Sommer verspürte. Der Boden hatte sich über Nacht stärker abgekühlt als üblich, und jetzt erzeugte die Wärme des kleinen gelben Sterns droben am Himmel einen Temperaturunterschied von vier, vielleicht fünf Grad. Und dieser ließ den Wind entstehen.

Talfor, der Stern am hellen Firmament, gab keine Antwort. Stumm schaute er dem Treiben auf der Oberfläche seines einzigen Planeten zu. Manchmal gab er ihm zuwenig Wärme und Licht, manchmal zuviel.

Jimm Forlan spürte eine seltsame Leichtigkeit in sich. Am liebsten wäre er auf die Brüstung geklettert und in die Tiefe gesprungen.

Fliegen. Mit ausgebreiteten Armen über der Rotunde kreisen und nach den hektisch sirrenden Gyroten Ausschau halten, wie sie den Befehlen der Lenker folgten und versuchten, ihn aus der Luft zu fischen, bevor er auf dem Boden aufschlug.

Nach einer solchen Tat bedurfte es keiner großen Träume und Wünsche mehr. Dann war der Weg vorgezeichnet. Der Weg in die Zukunft.

Der Gedanke an ein solches Schicksal ließ ihn auf den Flug der Freude und der absoluten Leichtigkeit verzichten. Er wandte den Kopf zur Seite und hielt nach den Sensoren der Lichtschranke Ausschau, die den Alarm auslösten. Er fand sie nicht. Die hellen, rechteckigen Flecken auf dem dunkelgrauen Plaston starrten ihn höhnisch an, als wollten sie sagen: »Du suchst vergeblich. Wir sind nicht mehr zugegen. Fühl dich vollkommen unbeobachtet. Tu, was du nicht lassen kannst. Spring!«

Wenn ihn manchmal solche Gedanken überkamen, dann fragte er sich, ob es mit seinem Gleichgewichtsproblem zusammenhing und der Tatsache, daß er täglich für ein paar Stunden unter Schwindelanfällen litt. Die Ärzte bejahten diese Vermutung, doch er selbst war sich nicht sicher.

Jimm trat von der Brüstung zurück, und der fünfzehn Meter tiefe Abgrund verschwand aus seinem Blickfeld. Der junge Mann fuhr mit der Hand durch seine blonden Locken und wischte anschließend über die Augen.

Die Verlockung, diese Versuchung. Was war es? Was machte ihn derart unbekümmert? Wie ein Drang aus tiefstem Innern überkam es so manchen und so oft, daß die Sprecher der Regentschaft es längst aufgegeben hatten, dagegen zu Felde zu ziehen.

Das Fehlen der Sensoren – eine Kapitulation? Oder eine Aufforderung? Wenn sie das Gehirn aus dem zerstörten Körper retten konnten, dann reichte es höchstens noch zum Androiden. Die Erinnerungen an das frühere Leben wurden gelöscht.

»Spring über deinen Schatten, Kleiner.«

Balatons Worte hallten in ihm nach. Mehr als alles andere hatte dieser eine Satz sein Leben und Gedeihen bestimmt. Von Kindesbeinen an war es sein Leitspruch gewesen, und in ihm hatten sich nicht nur der Stolz des Vaters über seinen ältesten Sohn gespiegelt, sondern auch das ehrgeizige Streben des Sprößlings.

Inzwischen zählte Jimm sechzehn Lenze, jedes Jahr mit fünfzehn Monaten nach der Zeitrechnung von Delos, jenem legendären Ort der ersten Besiedlung. Über seinen Standort berichteten Sagen und Mythen, und in einem alten Skript hatte ein Forscher die Behauptung aufgestellt, daß sich dieser Ort in unmittelbarer Nähe von Bovendern befinden müsse. Die Suche war aber ohne Erfolg geblieben.

Jimm Forlan raffte sein hellrotes Gewand zusammen und eilte nach hinten zur Treppe. Er verzichtete auf einen Besuch bei den marmornen Reißern auf dem Flachdach mit ihren spitzen Zähnen und den kragenförmigen Mähnen, die ihre Köpfe einrahmten. Die seltsam ziselierten Quasten ihrer Schwänze hatten ihn seit jeher mehr interessiert als die Wucht der Drohgebärde ihrer Vorderseite.

Der junge Bovenderner dachte jetzt ausschließlich daran, daß es Zeit war und er das Schulgebäude aufsuchen mußte, um seine Stunden zu nehmen.

Sein linkes Ohrläppchen begann zu jucken, wurde rot und heiß. Der Telesender aktivierte sich, und einen Atemzug später vernahm er die flüsternde Stimme aus dem Office.

»Dein Vater möchte dich sprechen. Besuche ihn im Südstadt-Zentrum. Er freut sich über deinen Besuch. Deine Hypno-Schulung wird aus diesem Grund verschoben.«

»Ja, ich komme, Baron.«

Warum er die traditionelle Anrede für die Nachrichtenübermittler wählte, die seit mindestens vierhundert Jahren nicht mehr offiziell benutzt wurde, vermochte er selbst nicht zu sagen. Er hörte noch, wie der Officer überrascht die Luft einsog. Dann endete das Kribbeln des winzigen Senders; das Ohrläppchen kühlte sich ab und nahm seine ursprüngliche blasse Farbe an.

Jimm raffte das Gewand fester und eilte mit fliegenden Füßen die Stufen hinab. Drunten am Ausgang lungerte inzwischen eine beträchtliche Schar von Kugel-Bosthos herum. Ihre gelbe Farbe wies sie als Animateure aus, freischaffende Künstler, die zu keinem bestimmten Haushalt gehörten. Einer vertrat ihm den Weg.

»Suchst du Vergnügen? Ablenkung? Auf was stehst du? Ich kann dir meine dicke, glibberige Cousine empfehlen. Sie tut für Milch alles. Oder magst du es gern mit Deinesgleichen? Auch gut. Nimm mich.«

»Verschwinde.«

Er wischte den Bostho beiseite, betrat das Gleitband und ließ sich unter dem Protestgeschrei der Kunstgeschöpfe nach Westen tragen. Er fand seine Mutter bei der Betreuung der kleineren Geschwister und eilte auf sie zu.

»Balaton möchte mich sehen. Er hat mir eine Nachricht zukommen lassen. Ich freue mich, Mutter. Nach so langer Zeit darf ich meinen Vater wiedersehen!«

Sie setzte Dillon und Francine in ihre Schaukelautomaten zurück und kam ihm unter elektrostatischem Knistern ihrer silbernen Kombination entgegen. Seit Balaton aus dem Haus war, hatte sie keinen Rock mehr getragen. Andere Männer hätten es als Einladung verstehen können. Dorolfina nahm ihn in den Arm und rückte ihn an sich.

»Mein Sohn. Ich freue mich mit dir. Sage ihm, daß ich ihn noch immer liebe. Geh jetzt. Vergeude keine Zeit. Wenn dein Vater dich ruft, dann gibt es Wichtiges zu besprechen.«

»Ja, Mom.«

Er löste sich aus ihrer Umarmung, und es war ihm, als bildeten sich unter ihren Augen zwei winzige, feuchte Spuren der Freude.

Die Helligkeit des Morgens nahm ihn auf, geleitete ihn zu den Transportbändern und entführte ihn in Richtung Süden. Er passierte die hohen Tore von Philomengora und gelangte in einen Teil der Stadt, in dem er noch nie gewesen war. Im Gleiter oder auf einem der mit Geländern umrandeten Teppiche darüber hinwegfliegen, konnte jeder. Aber auf einem Gleitband in den Bereich des Regentenviertels vordringen, das war nur wenigen Privilegierten gestattet. Sein Vater gehörte dazu, seit mehr als vier Jahren. In dieser langen Zeit hatten sie ihn nicht mehr zu Gesicht bekommen.

Jimm befand sich in einer unglaublichen Stimmung. Sie unterschied sich deutlich von der auf der Balustrade. Er schwebte nicht, verspürte keine Leichtigkeit. Aufregung befiel ihn, und das Stehen auf dem weichen Gummi der Bänder vermittelte ihm das Gefühl, immer tiefer in den Boden zu sinken. Etwas drückte von oben gegen ihn und machte ihn schwer. Er widerstand dem und drückte mit seinen Schultern dagegen. Es gelang ihm, den Kopf nach links und rechts zu wenden und die Gebäude zu betrachten. Hinter den Toren begann eine völlig andere Welt. Die weiten Hallen und Wohngebäude in ihrer geometrischen und architektonischen Strenge fehlten. Dafür drehten sich hier die Fassaden gleich Schneckenhäusern in die Höhe, bildeten breite oder schlanke Spindeln und Spiralen. Und ganz weit hinten, zwischen all diesen Spitzen und verdrehten Zinnen ragte das Areal der Cheopis auf. Der Gral. Der Herrschaftsbereich des Regenten.

In einer der Pyramiden erwartete ihn Balaton.

Den größten Teil der Strecke verbrachte der junge Forlan wie im Traum. Er wechselte mehrfach die Gleitbänder, und das Office übernahm es, ihm den richtigen Weg zu weisen. Die Stimme des Barons – eine andere als zuvor – nahm an Deutlichkeit zu. Jimm hatte in den Hypnokursen genug gelernt, um sich über die Bedeutung des Vorgangs im klaren zu sein. Das Office befand sich hier in der Südstadt.

Auf dem zweiten und dritten Level flogen in unregelmäßigen Abständen Gleiter. Manche besaßen Formen und Farben, die er noch nie gesehen hatte. Ganz weit oben und ziemlich entfernt im Osten glitt sogar ein Teppich vorüber. Er flog höher als das vierte Level. Dies geschah nur in besonderen Situationen.

Was ging vor?

Hinter seinem Rücken über der Wohnstadt nahm der Verkehr ebenfalls zu. Jimm zählte mehrere Dutzend Gleiter, die sich sammelten. Sie bildeten ein Netz in der Art eines Schachbrettmusters. Aus ihren Bodenluken hingen dicke Ballen von schwarzer Farbe.

»Office, hier Jimm Forlan.« Bei der Nennung des Begriffs »Office« schaltete sich der Telesender automatisch ein. »Ist mir eine Frage erlaubt?«

»Sprich!«

»Was bedeuten die Gleiter über der Wohnstadt?«

»Dein Vater wird dir diese Frage beantworten.«

Voraus tauchte eine hohe Wand auf. Sie umgab die Cheopis, und an ihrem Fuß endete auch das Gleitband. Eine kleine Pforte daneben stand offen, und Jim erkannte zwei Kegelroboter mit ausgefahrenen Tentakeln. Sie nahmen ihn in Empfang, schleusten ihn durch einen Detektor und schnallten ihn danach auf einer Flugscheibe fest. Sie verrichteten ihre Arbeit schweigend und emotionslos, wie man es von Robotern erwartete. Dennoch empfand Jimm die Situation als bedrückend. Seine Nervosität stieg, und er begann gegen den aufkeimenden Unwillen anzukämpfen.

Was bedeutet das? fragte er sich. *Was geht in mir vor? Bin ich den Maschinen wirklich auf Gedeih und Verderb ausgeliefert?*

Es war das erste Mal, daß er so etwas empfand.

»Vater«, murmelte er leise. »Du weißt, daß ich komme. Hast du mich auf einem Bildschirm? Gib mir ein Zeichen. Wie lange muß ich auf dieser Scheibe bleiben? Balaton? Hörst du mich?«

Es blieb still. Niemand antwortete.

Geübte Hände aus Metall stießen ihn durch die Schleuse in die Kammer mit den Düsen. Greifer und Tentakel nahmen ihn in Empfang, wirbelten ihn herum, betteten ihn weich, massierten ihn und achteten darauf, daß er sich unablässig in Bewegung befand. Sie achteten darauf, daß er keine Gelegenheit erhielt, sich zu wehren oder gar Reißaus zu nehmen. Sein Körper vollführte ungewollt Drehbewegungen, und von oben fächelten Maschinen ihm warme Luft zu, damit er sich nicht erkältete.

Sein Gleichgewichtssinn war in optimalem Zustand – wie immer um diese Tageszeit. Er legte die Arme an und überließ sich als Spielball den Maschinen. Wachsame Sensoren erkannten den Zeitpunkt, an dem sich sein Körper endgültig entspannte.

»Die Desinfektion steht bevor. Sie ist notwendig«, wiederholte die monotone Stimmung denselben Spruch, den er bereits nach dem Betreten des Gebäudes und dem überfallartigen Auftauchen der Maschinen gehört hatte. Er erwiderte nichts und achtete darauf, daß er gleichmäßig und tief atmete.

Die Prozedur kündigte sich durch ein Zischen von allen Seiten an. Im nächsten Augenblick hüllte ihn ein Klumpen aus hellem, halb durchsichtigem Gelee ein. Es legte sich wie ein Kokon um den Körper, und er ließ es ein paar Augenblicke wirken, ehe er mit den Fingerspitzen die

Nasenlöcher und die Augen freimachte. Eine Lawine aus körperwarmem Wasser ergoß sich von oben herab, und noch immer rollten und bewegten ihn die Maschinen in der Luft, genau im Zentrum der Kammer. Das Wasser wusch das Gelee ab und säuberte ihn mit einem Sprühregen von den letzten Rückständen.

Eine Schaumwolke folgte. Sie wusch seine Haut und die Haare, und schließlich begann es nach dem nächsten Waschgang Körner zu regnen, ein buntes Gemisch aus kleinen und kleinsten Bällchen, pastellfarben und grell. Sie dienten der Dekontamination und erfüllten die Funktion, verbliebene Reststrahlungen der Körperoberfläche aufzusaugen und ihn so endgültig zu entseuchen.

Die Tentakel und Greifarme ließen ihn ein Stück nach unten sinken, hüllten ihn in einen Strom warmer Luft und trockneten ihn. Die Düse eines Föns saugte die letzten Rückstände von seiner Haut. Eine Matratze legte sich unter ihn und beförderte ihn in einen angrenzenden Raum. Dort fand er einen weißen, flauschigen Anzug vor, den er an der Stelle seiner verschwundenen Kleider überzog.

»Du bist jetzt bereit. Dein Vater freut sich, dich zu sehen.«

Mit diesen Worten glitt eine zweite Tür zur Seite und gab den Blick in den innersten Bereich frei. Die Lichtflut blendete den jungen Forlan, und er blieb unter der Türöffnung stehen und starrte mit offenem Mund und geweiteten Augen.

Die Wände blitzten in Silber und Marmor. Sie ragten viele Stockwerke empor und verengten sich nach oben hin zu einer durchsichtigen Kuppel, hinter der die Innenflächen der Hauptpyramide im gelbgrünen Schimmer aufragten. Unter der Kuppeln führten geschwungene Stege und schlanke Brücken zu den einzelnen Kuben, hinter deren Fenstern Jimm neugierige Köpfe entdeckte, mit Nasen, die sich an den Scheiben plattdrückten.

Ein Lichtstrahl stach zu ihm herab und umgab ihn mit einem gelben Oval. Der Lichtkegel aus irgendeiner Regiekabine begann zu wandern, und Jimm Forlan folgte ihm. Das Licht führte ihn zu einem der Stege und aufwärts in luftige Höhe. Es gab keine Treppenstufen. Ein Feld hüllte seine Füße ein und vermittelte ihm den Eindruck reduzierter Schwerkraft. Gleichzeitig bewegte sich der Bodenbelag vorwärts, so daß er gleichmäßig wie mit dem Wind hinauftrieb in Richtung der Insel, die sein Ziel war.

Die Insel! Kurz vor seinem Verschwinden hatte Balaton mit seiner Familie einen Ausflug zur Insel der Umwinde gemacht. Ganz allein hatte er das kleine Schiff gesteuert, und Jimm erinnerte sich noch voller Stolz daran, wie er am Mast gestanden war, mit stolzgewölbter Brust, weil sein Vater ihn gebeten hatte, die Reißleine für das Niederfallen des Segels zu ziehen. Den Rest hatten die Automaten besorgt.

»Jeder ist eine Insel. Viele Inseln zusammen ergeben ein Archipel. Betrachte es so, mein Sohn. Bovendern ist ein Archipel. Die Bewohner sind Inseln in einem größeren Zusammenhang. Wenn du jemals die Stadt zu einer jener Stunden durchwanderst, in denen außer dir niemand unterwegs ist, dann denk daran. Und denk daran, daß es nahe Inseln gibt und solche, die weit entfernt und fast unerreichbar sind. Jene fernen Inseln liegen innerhalb der Cheopis. Und die anderen Städte, die es auf Marvon gibt, sind so weit entfernt wie fremde Planeten.«

Der Steg wurde schmaler und mündete in einen der Kuben. Eine Öffnung bildete sich aus.

Jimm Forlan zögerte einen Augenblick, ehe er eintrat. In ihm stritten sich Empfindungen wie Ehrfurcht, Trotz, Erwartung und der Wunsch, so schnell wie möglich nach Hause zurückkehren zu können.

Das leise Summen der Automaten blieb das einzige Bemerkbare, nachdem sich die Tür geschlossen hatte. Rotes Licht fiel auf den weißen Anzug, und bei jeder

Bewegung huschten geheimnisvolle Schatten über die Wände und Konsolen.

»Tritt näher, mein Sohn!«

»Vater!«

Hastig machte er ein paar Schritte vorwärts, doch der Raum war leer bis auf ihn selbst.

»Wo steckst du? Hast du zu tun? Ich warte gern.«

»Es dauert nur noch ein paar Augenblicke, Jimm.«

Im Hintergrund begann sich eine Öffnung im Boden zu bilden, etwa zwei mal zwei Meter groß. Etwas fuhr von unten herauf, ein Kasten, ein Behälter, eine Art Bassin. In seinem Innern lag etwas. Es bewegte sich. Ein Kopf und ein Rumpf mit vielen Schwänzen oder Tentakeln. Jimm sah Drähte und blinkende Lichter.

»Du bist groß geworden. Und gut siehst du aus. Ich bin stolz, einen solchen Sohn zu haben.«

Die Stimme kam aus den Wänden, aus der Decke, und sie gehörte zu dem Bassin.

»Vater!« Ein heiseres Krächzen, mehr kam nicht aus dem Mund des Sohnes.

»Ja, ich bin es. Hast du dir nie Gedanken um mein Verschwinden gemacht? Aber natürlich – jetzt verstehe ich. Dorolfina hat nie an so etwas gedacht und es nie gewagt, eine Vermutung auszusprechen. Ist sie glücklich? Sag nichts. Ich sehe es dir an. Die Kinder gedeihen prächtig. Alles ist wunderbar. Aber das Wetter... Komm näher, mein Sohn. Sieh mich an. Ekle dich nicht vor deinem Vater. Denke immer daran, daß er den wichtigsten Dienst versieht, zu dem der Regent Bovenderns jemanden berufen kann.«

Hitze stieg in Jimms Körper empor und drohte ihn zu verbrennen. Im nächsten Augenblick folgte eisige Kälte. Er begann zu frieren.

»Balaton! Vater!«

»Ja, ich bin bei dir, Tag und Nacht. Du merkst es nur nicht. Ich bin einer der Steuermänner der Stadt. Eines

Tages, wenn du dich besser an meinen Anblick gewöhnt hast, werde ich dir von meinen Träumen und von der Seele dieser Stadt berichten, Jimm.«

Fassungslos und aus weit aufgerissenen Augen starrte der Sohn auf das Bassin. Balaton lag mitten in einer dickflüssigen Masse, ein Torso ohne Gliedmaßen, nur den Rumpf mit dem Kopf. Statt der Arme und Beine besaß der Körper Dutzende, nein Hunderte filigraner Anschlüsse. Mindestens tausend winziger Drähte endeten auf dem kahlen Schädel oder – nein! Bei diesem Gedanken stockte Jimm der Atem. Sie endeten nicht auf der Kopfhaut, erst im Gehirn. Ein Mensch als Bestandteil einer Maschine! Man hatte seinen Vater verstümmelt. Und es schien ihn nicht einmal zu stören.

»Du ... du ... bist einer der ...« Er brachte es nicht über die Lippen. Balaton lächelte. Unter dem Sirup und zwischen den Schläuchen, die in Nase und Ohren führten, kam nicht viel mehr als eine entsetzliche Grimasse dabei heraus.

»Ich bin der Dedicated Forlan. Ich habe damals den Ruf erhalten und bin ihm gefolgt, Jimm. Ohne die Arbeit der Dedicateds, die ihr Leben und ihren Geist dem Regenten und der Existenz Bovenderns widmen, gäbe es keine Stadt und keine Bewohner. Sie müßten in der Wildnis hausen wie jene bedauernswerten Geschöpfe, die einst dem wahnsinnigen Propheten gefolgt sind.«

Davon hatte Jimm in den zahlreichen Hypnoschulungen gehört. Draußen in der Wildnis gab es wenig Nahrung und keine Möglichkeiten, sie zuzubereiten. Es fehlten Breiformer und Gehaltsentzieher. Es gab keine künstliche Vitaminisierung, und die Natur des Planeten Marvon lieferte zu wenig von diesen für die Menschen wichtigen Bausteinen.

Der Gedanke, daß dort draußen Menschen vor sich hin vegetierten und sich sogar gegen jede Änderung ihres Zustandes wehrten, verursachte ihm Übelkeit.

In Jimms Ohren rauschte das Blut. Sein Gesicht glühte wie im Fieber des Todes. Er vermochte nicht zu sagen, ob er die Informationen soeben selbst gedacht oder von seinem Vater erzählt bekommen hatte.

»Dedicated«, brachte er mühsam hervor. Der Körper in dem Bassin erstarrte. »Es macht dir mehr zu schaffen, als ich vermuten konnte. Tut mir leid, Jimm. Aber irgendwann hättest du es erfahren müssen. Daß es jetzt geschah, liegt an der besonderen Situation. Wir brauchen tüchtige Männer bei der Schutztruppe. Du hast die Gleiter mit den Netzen gesehen. Sie sollen einen Schutzschild über der Stadt ausbreiten.«

»Schutz wovor? Sag schnell!« Er floh mit seinen Gedanken in das Thema, mit dem er sich vor der grausamen Wirklichkeit ablenken konnte.

Das Bassin dunkelte ein wenig ab, die Gestalt des Vaters verschwamm mit dem Gelee.

»Nein. Ich will dich sehen, Balaton.«

»Ein andermal. Konzentriere dich auf das, was vor dir liegt.«

»Was meinst du mit dem Schutz?«

»Das Wetter ändert sich. Es wird schwül und drückend werden. Alle Anzeichen deuten darauf hin. Es wird so schlimm sein wie in den letzten zweihundert Jahren nicht. Was genau entsteht, wissen wir nicht. Wir können es jedoch berechnen. Es muß mit früheren Experimenten zusammenhängen. Es ist eine Bedrohung, die wir uns selbst zu verdanken haben, oder besser unseren Vorfahren. Sie ist unausweichlich. Alle Städte bereiten sich darauf vor. Die Regenten kommunizieren unaufhörlich untereinander.«

»Ich verstehe. Es gilt, daß alle sich wappnen und mithelfen.«

»Du bist klug, mein Sohn. Bovendern kann nur überleben, wenn alle zusammenstehen und ein festes Gemeinwesen bilden, in dem sich jeder auf den anderen verlassen kann. Du bist nicht der einzige, der jetzt zu diesem Zeitpunkt gerufen worden ist. Über dreitausend junge Männer und Frauen dieser weitläufigen Stadt befinden sich in diesen Stunden zum ersten Mal Angesicht in Angesicht mit einem Dedicated. Alle vom vierzehnten Lebensjahr aufwärts. Es ist eine bescheidene und eilige Sternenfeier, Jimm. Eure Initiierung wird auf diese Weise vorweggenommen. Von nun an geltet ihr als vollwertige Erwachsene und werdet vom Office und den anderen Einrichtungen der Stadt als solche akzeptiert. Ob es gegen die Bedrohung hilft, kann keiner sagen. Wir wissen ja nicht einmal, was genau auf uns zukommen wird. Wir können nur hoffen, daß der Wind günstig weht.«

»Vater, wenn es so schlimm steht, warum wurde nicht bereits etwas dagegen unternommen?« Der junge Forlan vermied es, auf das verdunkelte Bassin zu schauen.

»Wir wissen es erst seit der vergangenen Nacht. Kryfaltar hat es gemeldet, die Stadt, die am weitesten in Richtung Ozean und Felsengebirge liegt. Weitere Informationen sind bisher nicht getroffen. Aber nun kehre zurück. Grüße deine Mutter und deine Geschwister und sage ihnen, daß ich glücklich bin und mich wohlfühle. Verstehe mich nicht falsch, Jimm. Ich wäre viel lieber bei euch. Aber jemand muß es tun. Dem Ruf der Regenten darf sich niemand widersetzen. Das Gemeinwohl verlangt, daß dieses ungeschriebene Gesetz eingehalten wird. Vielleicht sehen wir uns bald wieder. Ich bin bei euch.«

Jimm Forlan nickte heftig und erschrak, als sich die Tür des Kubus öffnete und helles Licht hereinfiel. Das Bassin verschwand im Boden, und der Boden verschloß sich.

»Ja, Vater. Auch wir denken an dich.«

Mit diesen Worten wankte er hinaus und ließ sich vom Steg zurücktragen in die Dekontamination. Er erhielt seine Kleider zurück und fand sich wenig später draußen vor der Mauer, hinter der sich die Pyramiden der Cheopis verschanzten. Wie betäubt stand er da und blickte in eine

Welt, die sich innerhalb der einen Stunde sichtbar verändert hatte.

Ein Gleiter näherte sich, und der Automat wies ihn an einzusteigen.

»Ich habe den Auftrag, dich nach Hause zu bringen«, verkündete er.

Nach Hause...

Es gab dieses Haus mit den Hallengängen, den Brunnen und den Lauben. Es gab Mutter und die Geschwister. Sie alle liebte er, ebenso wie seinen Vater.

Und doch konnte Jimm Forlan sich nicht darauf freuen. Er war es sich nicht bewußt, aber in seinem Innern waren die Träume zerbrochen. Träume der Reinheit und des Paradieses. Er hatte seine Kindheit verloren.

Und er begann die Welt mit anderen Augen zu sehen.

2.

Der Bosthos bemächtigte sich im Lauf des Nachmittags eine merkwürdige Unruhe. Manche Aufträge erfüllten sie gar nicht, bei anderen übertrieben sie es gewaltig in ihrer Beflissenheit. Die Anzeichen einer Massenpsychose mehrten sich, und die ersten Psychotherapeuten rückten mit ihren fahrenden Behandlungszentren aus und luden die Kugel-Bosthos gleich zu Dutzenden auf ihre Sofas und Pneumo-Liegen. Die Kunstwesen besaßen einen hohen Grad psychischer Anpassungsfähigkeit, doch die animalische Komponente ließ sich nicht verleugnen. Kaum entlassen, vergaßen sie alle guten Vorsätze und schlugen jeden Rat in den Wind. Der Behandlungserfolg näherte sich immer mehr dem Wert Null und erreichte ihn kurz vor dem Abend endgültig. Ein Hinweis aus dem Office erging an alle Bewohner Kryfaltars, daß sie im Umgang mit den Bosthos größtmögliche Umsicht walten lassen sollten. Am besten sperrten sie sie in den Räumen der Dienstboten ein.

Es half nichts. Die Bosthos begannen zu randalieren und mußten teilweise mit Hilfe von Narkosegewehren aus dem Verkehr gezogen werden.

Wenn das kein Anzeichen der heraufziehenden Gefahr war, dann gab es nichts, was deutlicher darauf hinweisen konnte.

Gegen Abend kehrte Ruhe ein. Talfor sank normal wie immer unter den Horizont. Auf einem der Aussichtstürme stellten Beamte des Office Messungen an, die angeblich Verschiebungen der Horizontlinie zum Inhalt hatten. Die Dämmerung brachte keine Wende zum Schlechten, und als sie sich ihrem Ende zuneigte, begann überall auf den Straßen und Plätzen in vertrauter Weise der Boden zu glimmen und seinen matten und gleichmäßigen Lichtschein zu verbreiten.

Dennoch war dies kein gewöhnlicher Abend. Wie leergefegt lag die Stadt da. Drückende Schwüle hatte Kryfaltar erreicht und zog über die Ebene in die Stadt ein. Sie drängte sich in die Straßen, Gassen und zwischen die Dächer, Mauern und Säulen hinein. Als Sieger hielt sie in den entlegensten Ritzen Einzug, und die Menschen hängten hastig Türen und Winterfenster ein, sofern vorhanden, und dichteten Fugen und Ritzen ab. Fluchtartig zogen sie sich in die hintersten und kühlsten Winkel ihrer Häuser zurück, während sich draußen die hohe Luftfeuchtigkeit in Form von Kondenswasser an den Fassaden und auf dem Straßenbelag niederschlug.

Die Zahl der aktiven Telesender stieg beständig an. Mit heißen Ohren standen oder saßen die Menschen herum und kommunizierten mit dem Office und seinen Nebenstellen. Nein, hieß es. Von der angekündigten Gefahr sei noch nichts zu bemerken. Der Wind habe zugenommen, aber das sei von Vorteil, denn er treibe die stickige Luft wieder aus Kryfaltar hinaus.

Dann schwieg das Office plötzlich und beantwortete keine Fragen mehr. Eine Standardansage nahm ihren Dienst auf und vertröstete die Anrufer auf später.

»Vermutlich brauchen sie alle Männer und Frauen für die Abwehr der Gefahr«, murmelte Dronthar. Er saß am unteren Ende des Tisches und musterte die Familienmitglieder der Reihe nach. »Syrana, du bist unruhig. Was ist los? Hast du Angst?«

»Nein. Es ist nichts.«

Das Familienoberhaupt nahm es zur Kenntnis. Dronthar erhob sich, ging zu einem der Fenster und drückte an der Glasscheibe die Nase platt.

Draußen zuckten kegelförmige Blitze über den Himmel, ähnlich wie bei einem elektronischen Feuerwerk. Er winkte Frau, Kinder, Bruder und Schwägerin herbei.

»Überall montieren sie nun auf den Dächern Schüsseln mit spiegelnder Innenfläche. Sobald sie eine Montage beendet haben, strahlen sie Licht in die Schüssel und lassen es reflektieren. Dort oben auf dem Nachbarhaus sind sie gerade dabei, das Gerät zu justieren. Bestimmt dauert es nicht lange, bis sie auch zu uns kommen.«

Über den dunklen Nachthimmel huschten Lichtfinger hin und her und erhellten das Firmament über der Stadt und dessen Umgebung. Die Suchscheinwerfer stellten die einzige Möglichkeit der Abwehr dar. Nach Jahrhunderten einseitiger Forschung in der Biogenetik und allen verwandten Bereichen besaß Kryfaltar keine modernen technischen Möglichkeiten, einer Bedrohung zu begegnen, egal wie sie geartet sein mochte.

Diese Hilflosigkeit war es, die alle Bewohner der Stadt beunruhigte und dazu führte, daß sie die Arbeiten draußen mit großer Aufmerksamkeit verfolgten.

Dronthar hob plötzlich den Kopf. »Hört ihr das leise Wimmern? Das ist wie bei den Luftalarm-Übungen, die einmal im Jahr stattfinden.«

Er kannte den Heulton genau, denn schließlich war er zwanzig Jahre lang Jagdflieger gewesen, einer jener Risikopiloten, die mit erhobenen Nasen auf die Kapitäne der Raumschiffe herabschauten, die nur den Orbit und die Zubringerfähren kannten und einen Dienst versahen, der so normal war wie der tägliche Gang aufs Klo.

»Nur daß es diesmal keine Übung ist«, fuhr er fort. »Bei Talfor und allen Sternen des Alls. Es geht los.«

Sein linkes Ohrläppchen begann zu glühen, und eine freundliche Frauenstimme verkündete, daß sich alle Angehörigen der Aufklärer-Einheit Achtzehn in ihrem Einsatzbereich einzufinden hatten. Dronthar bestätigte und murmelte eine Verwünschung.

»Hoffentlich geht es schnell vorbei«, sagte er und sah seine älteste Tochter an. »Syrana, zieh dich um. Auch dein Einsatzbefehl wird bald eintreffen.«

»Ich warte«, erwiderte die Tochter. »Kurz vor Mitternacht bringt ein Bostho mir *die Karte.*«

Dronthar schüttelte fassungslos den Kopf.

»Jetzt? In einer solchen Situation? Von wem kommt die Karte?«

»Von Gemelman. Es ist seit einer Woche verabredet. Niemand konnte ahnen, daß es zu Schwierigkeiten kommt.«

»Gemelman!« rief die Mutter aus. »Ich hätte es mir denken können. Ruf ihn an. Verschieb den Termin.«

Syrana schüttelte energisch den Kopf. Es wäre einer öffentlichen Bloßstellung gleichgekommen. Für eine Absage blieb ihr nur der Fußweg und der persönliche Kontakt.

»Nimm mich mit«, bat sie ihren Vater. »Den Heimweg schaffe ich allein.«

»Den Teufel werde ich tun.«

Er verschwand im oberen Teil des Hauses und kehrte nach zwei Minuten in seinem Einsatzanzug und den Stiefeln zurück. Er streifte die Handschuhe über und stülpte sich den Helm auf den Kopf. Noch immer wimmerte draußen die Sirene und belehrte auch den letzten Zweifler, daß es sich um einen Ernstfall handelte. Augenblicke später stand er draußen in der stickigen Suppe und wartete auf das Eintreffen des Sammel-Gleiters.

Als der Schatten des Fahrzeugs auftauchte, ging alles sehr schnell. Dronthar verschwand in seinem Innern, und der Gleiter raste davon. Wo Dronthars Einsatzgebiet lag, erfuhren sie nicht. Es war auch besser so. Dronthar kehrte nie mehr nach Hause zurück und wurde nie wieder gesehen. Er zählte zu den ersten Vermißten der beginnenden Katastrophe.

Immer schneller und greller und in rasch zunehmender Zahl huschten die Lichtfinger über die Stadt. Manchmal geriet ein Fahrzeug in ihren Einzugsbereich und leuchtete auf wie eine Motte.

»Dort. Die Bosthos!« Syrana deutete auf die Straße hinaus. »Sie kommen. Er hat sie losgeschickt. Er kann nicht bis Mitternacht warten.«

»Vielleicht hat er einen Einsatzbefehl erhalten«, mutmaßte Dronthars Bruder.

Augenblicke später donnerten viele kleine Extremitäten gegen die Eingangstür. Nicht zurückhaltend und höflich, wie es sich gehörte, sondern zornig und voller Hektik.

Syrana eilte zu öffnen. Sechs Bosthos drängten herein und verschwanden in den dunkelsten Ecken, wo sie keiner sah.

»Die Karte«, schrillte einer. »Wer schenkt mir eine Karte?«

»Karte, Karte«, echote es von allen Seiten. »Teufel, Teufel. Es geht los. Der Untergang ist da, das Verderben. Wieso muß er uns diesen Auftrag ausgerechnet jetzt geben!«

Einer katapultierte sich aus der Ecke heraus und landete dicht vor Syrana. Mit seinen dünnen Ärmchen klammerte er sich an sie und riß sie fast von den Beinen.

»Hier, Hofschmitt schenkt dir die Karte. Zum Dank hilf mir.«

Sie erwischte einen Zipfel des Papiers, das er in seinen winzigen Greiffingern hielt. Tatsächlich war es *die Karte,* die sie erwartet hatte. Doch sie enthielt nicht den Brief an ihren Vater, in dem Gemelman um ihre Hand anhielt. Nur ein kurzer Vermerk stand darauf: »Wir starten in einer halben Stunde. Warte auf mich. Ich kehre zurück. Garantiert. Wir fliegen in einen Orbit.«

Flucht. Das war es. Er haute ab und ließ sie zurück.

Syrana tat das einzig Richtige. Sie zerriß den Zettel und schleuderte ihn dem Kugel-Bostho entgegen.

»Verschwinde und richte deinem Herrn aus, daß ich auf solche Angebote verzichte.«

Die sechs Bosthos jaulten und kreischten, und die

ganze Familie hatte Mühe, die Dienergeschöpfe auf die Straße zu setzen. Es gab blaue Flecken und ein paar Schürfwunden, aber schließlich schafften sie es und verriegelten den Eingang.

Syrana schluchzte. Es war ein Fehler gewesen, sie einzulassen. Die Enttäuschung bedrückte sie. Der Schuft! In blumigen Worten hatte er ihr das Paradies auf Marvon versprochen. Jetzt startete er mit einem Schiff ins All und brachte sich in Sicherheit. Es hätte vermutlich genügt, wenn er auf die andere Seite des Planeten geflogen wäre.

Wie groß ist die Gefahr? Was kommt auf uns zu? wiederholte sie immer wieder in ihren Gedanken.

Die Techniker kamen und informierten sie, daß sie auf dem Flachdach drei große Spiegel befestigten. Eine Weile lauschte die Familie auf das Rumpeln und Poltern, das bis herab ins Erdgeschoß drang.

Nach einiger Zeit verstummte draußen das Wimmern der Sirene.

Der Einsatzbefehl holte Syrana eine Stunde nach Mitternacht aus ihren Träumen. Sie wusch sich hastig, zog sich an und machte sich bereit für das Eintreffen des Gyro-Cabs. Zu Fuß oder mit den Gleitbändern hätte es bis zum Stützpunkt zu lange gedauert. Auf Zehenspitzen schlich sie die Mitteltreppe hinab ins Erdgeschoß und postierte sich hinter der Haustür. Ihr Onkel Eltrin war noch wach. Er kam herbei und wünschte ihr viel Glück.

»Wie es aussieht, müssen wir heute nacht alle noch in den Einsatz. Hoffen wir nur, daß es bis zum Morgen vorbei ist und die meisten Einwohner nichts davon mitbekommen.«

»Von was denn?«

»Niemand weiß es, Syrana. Nicht einmal der Regent unserer Stadt scheint eine Vorstellung davon zu haben. Vor zehn Minuten kam über die abgeschirmte Frequenz des Fliegerhorsts die Nachricht, daß einer der Dedicateds wegen Überlastung wahnsinnig wurde. Es wird fieberhaft nach einem Ersatz gesucht.«

Das Jaulen des Gyro-Cabs beendete die Unterhaltung. Syrana eilte hinaus und verschwand ebenso im Lichtgewitter der Nacht wie Stunden zuvor ihr Vater. Das Fahrzeug brachte sie auf dem schnellsten Weg in den Südosten der Stadt zur Basis-Zwei. Insgesamt waren sie zwanzig Männer und Frauen; sie kannten sich alle seit der Ausbildung und waren per Du.

»Hallo, Jerean, Milvorna, Tukuso, Pekalas... Wie sieht's aus?«

»Wir haben mit dem Office gesprochen.« Das war Tukuso. »Es gibt eine Änderung im Einsatzplan. Wir gehen diesmal mit den Boxen raus.«

»Was?« Syrana schrie vor Überraschung auf. »Bist du ganz sicher?«

»Ja. Es gibt keinen Zweifel. Du wirst es sehen. Wir landen auf Basis-Drei, nicht Zwei.«

»Das glaube ich erst, wenn ich es sehe.«

»In seiner Verwandtschaft gibt es einen Dedicated. Daher ist er so genau informiert.«

Hadrubal sprach damit eine Ungeheuerlichkeit aus. Noch nie war es ruchbar geworden, daß ein Dedicated im Dienst der Stadt seine Position dazu benutzt hätte, seiner Familie Informationen zukommen zu lassen. Egal, ob sie von Vorteil oder von Nachteil waren. Die Tatsache, daß es jetzt geschah, ließ das Schlimmste befürchten.

Von Tukuso kam keine Widerrede, also stimmte es.

Das Gyro-Cab stieg über die Rundbauten empor ins Scheinwerferlicht. Kryfaltars Gebäude tanzten wie Totengeister in diesem ständig wechselnden Spiel aus Licht und Schatten.

»Nein«, stöhnte jemand hinter Syrana. »Das darf doch nicht...«

Westlich der Stadt waberte der von den Scheinwerfern erhellte Himmel. Ein riesiges Monstrum aus pulsierenden

Blasen trieb mit dem Wind heran. Vereinzelt stachen Energiekaskaden in den Himmel. Die Leute von der Schutz-Brigade versuchten, alte Projektoren in Betrieb zu nehmen, die aus der Zeit der ersten Besiedlung stammten. Damals war Kryfaltar die Stadt unter dem Schirm gewesen. Der Regent und die Dedicateds erinnerten sich offenbar daran und glaubten, daß ein Energieschirm die einzig sinnvolle Möglichkeit einer Verteidigung darstellte.

»Seht nur, welch ein Glück«, seufzte Syrana. Aus den Kaskaden wurde ein durchgehender Energievorhang. Er flirrte und breitete sich nach Süden und Norden aus. Er begann die Stadt wie ein Schild zu umgeben; drunten im Süden sprühten weitere Kaskaden in die Höhe. Das Gyro-Cab änderte seinen Kurs und flog jetzt direkt nach Osten. Drunten in den Straßen sahen die Passagiere Kugel-Bosthos und andere Erscheinungsformen dieser Bio-Osmose-Syntho-Organismen. Sie stritten sich mit einer Gruppe Erwachsener und konnten nur durch das Eingreifen von zwei Androiden einer Patrouille zur Vernunft gebracht werden.

»Ziel erfaßt. Landung in zwei Minuten«, verkündete der Automat des Gyro-Cabs. »Zielort ist Basis-Drei.«

Tukuso hatte recht gehabt. Sie flogen mit den Boxen.

»Gib uns die genauen Daten, die wir brauchen«, verlangte Syrana. »Nach der Landung haben wir keine Zeit, uns das alles anzuhören.«

Der Automat gab den Wunsch an die Leitstelle weiter, diese stimmte zu und spielte das gesamte Log der letzten drei Monate ein seit dem Zeitpunkt, als die Boxen zum letzten Mal die Wartung durchlaufen hatten. Alles stimmte. Nur die Anzahl der Energiespeicher wich von den Vorgaben ab. Sie waren verzehnfacht worden. Die Abschlußmeldung des technischen Personals stammte von kurz vor Mitternacht.

Wann hatten sie von den Einsatzplänen erfahren? Am Mittag? Am Abend?

»Was ist mit den Jägern? Wieso fliegen wir keinen Einsatz auf herkömmliche Art?«

»Gegen welchen Gegner, Pilotin Syrana?« kam die Gegenfrage aus der Leitstelle. »Unser Problem zählt zu Milliarden, nicht zu Dutzenden. Bitte berücksichtigen Sie das bei Ihrer weiteren Planung für Urlaub, Schlaf und so weiter.«

»Sie haben recht. Aber sparen Sie sich den Sarkasmus. Er trieft.«

Das Gyro-Cab ließ den Stadtkern hinter sich und sank dem Stützpunkt und der von einem Leuchtband eingerahmten Landefläche entgegen. Weich und fast geräuschlos setzte es auf. Die Stille in den Telesendern endete abrupt. Das Geschwaderkommando meldete sich und ließ sie an dem hektischen Funkverkehr von Basis-Drei teilhaben. Übergangslos fühlten sie sich in eine andere Welt versetzt.

»Eins, zwei, drei – los!« Pekalas kommandierte und riß im gleichen Atemzug die Schiebetür des Cabs auf. Geordnet und mit jeweils einem Unterarm Abstand sprangen sie hinaus auf den Boden, verteilten sich links und rechts am Fahrzeug.

Ein Wagen brauste heran, ein Officer winkte ihnen.

»Dies ist keine Übung«, brüllte er. »Haben Sie noch immer nicht begriffen, worum es geht? Zu den Hangars, aber ein bißchen flott! Syrana, Ihre Maschine wird bereits zur Startbahn gefahren. Sie übernehmen das Kommando über die Staffel. Machen Sie sich mit dem Gedanken vertraut, daß sich bald zwanzig Staffeln am Himmel befinden. Aus den Horsten der nördlichen Ebene und des Silbermeeres kommen uns weitere Staffeln zu Hilfe.«

Syrana rannte bereits über den Beton. Die anderen folgten ihr, schlugen aber die Richtung zu den Hallen ein, während sie über das Rollfeld eilte, hinter den grünen und roten Blinklichtern her, die ihr die Umrisse der eigenen Maschine beschrieben. Fünf Minuten benötigte sie, bis sie keuchend und mit schweren Beinen an ihrem Ziel anlangte. Die schmale Tür der vorderen Ladeluke stand offen, und sie faßte nach den Handgriffen und zog sich hinein. Mit wenigen Schritten stand sie an der Leiter und kletterte die zwei Stockwerke hinauf in die Kanzel.

Ein Officer saß an den Kontrollen und grinste sie kurz an.

»Start in fünf Minuten. Anweisungen über Funk.«

Er machte ihr Platz, und sie ließ sich in den Sessel fallen. Die Gurte schlossen sich automatisch, als sie ihren Kode eingab und damit das Kommando über die schwere Maschine übernahm. Als nächstes folgte der Helm mit dem Kopfhörer.

»Tower an Box-Eins. Sie führen sechzehntausend Gigawatt Leistung zusätzlich an Bord. Die Computer schalten automatisch von einem Speicher zum nächsten um. Sie brauchen sich nur auf die Zielautomatik zu konzentrieren. Versuchen Sie, so viele der Dinger abzuschießen, wie es Ihnen möglich ist.«

»Ja, klar.«

Weitere Anweisungen folgten, während sie sich mit der im Vergleich zu den Jägern unterschiedlichen Anordnung der Instrumente vertraut machte. Gleichzeitig leierte sie das Log des Alpha-Checks herunter.

»Treibstoff?«

VOLL-HUNDERTZWEI PROZENT.

»Ladedruck?«

ZWEI GRAVO. DOPPELT GEPUFFERT.

»Plasmatriebwerk?«

AUF RESERVE. ZUSCHALTUNG NUR IM NOTFALL.

Das hatte ihr bisher noch keiner gesagt. Es bedeutete, daß sie damit rechnen mußte, mehrere Stunden in der Luft zu bleiben.

»Tower an Box-Eins. Folgen Sie dem Kodeprogramm, das in der automatischen Flugsteuerung enthalten ist. Greifen Sie in das Programm erst ein, wenn Sie dem

Gegner zu nahe kommen. Die unterste Sicherheits-Distanz ist auf zweihundert Meter festgesetzt, die derzeitigen Windgeschwindigkeiten eingerechnet. Syrana, schlafen Sie nicht ein. Sie haben den Wendepunkt überschritten.«

Sie hielt die Maschine an und knirschte mit den Zähnen. Das Ungetüm war doppelt so lang als ein Jäger und etwa vierzigmal so schwer. Es spielte keine Rolle, nicht heute. Je weiter hinten sie anrollte, desto besser.

»He, Leute, wie soll ich den Vogel auf dieser Piste eigentlich hochkriegen? Mein Log sagt mir, daß er hoffnungslos überladen ist.«

»Starten Sie endlich! X-minus zwanzig Sekunden. Sie überschreiten die vorgesehene Zeit um mindestens eine halbe Minute.«

Syrana drehte die Box und brachte sie in Startposition. Links von ihr erkannte sie die Lichter von drei weiteren Brummern, die heranrollten – riesige Insekten in der Nacht mit etlichen Dutzenden glühender Augen.

Sie richtete den Blick nach vorn. Was war dort hinten am hellen Himmel? Mußte sie ausgerechnet nach Südwesten starten? Von dort kam derzeit der heftigste Wind, also ging es nicht anders.

»Bist du endlich weg?« hörte sie Milvorna. »Ich habe keine Lust, länger zu warten.«

»Erst muß ich mal zusehen, daß ich hochkomme. Hals- und Beinbruch!«

»Tut mir leid, Mädchen.« Milvorna lachte. »Ist bei mir nicht drin.«

»Was?«

»Ich bin eine Androidin. Hast du das noch nie bemerkt? Ich kann mir nichts brechen. Wenn ich runterfalle, explodiere ich.«

»Oh, Scheiße.«

Sie ließ die Triebwerke hochdrehen und fingerte nervös in der Luft über dem kleinen Kippschalter für das Bremssystem. Vollschub bei steigendem Andruck, Temperatur klettert auf hundertfünfzig Grad, auf zweihundert. Jetzt!

Eine winzige Bewegung mit dem rechten Zeigefinger löste die Bremsen und ließ die mörderischen Kräfte der Motoren auf die Räder. Die Box begann zu rennen, nicht leichtfüßig wie ein Jäger, sondern schwerfällig wie ein Büffel. Im Schneckentempo kroch die Geschwindigkeitsanzeige nach oben in den brauchbaren Bereich. Längst lag Marke eins hinter ihr, dann Marke zwei. Jetzt hätte sie nach ihrem Gefühl bereits in der Luft sein müssen, aber noch immer stampfte die Box mit qualmendem Gummi über die Piste.

Marke drei!

»Syrana, sind Sie jetzt ganz weggetreten? Hoch mit der Kiste!«

Sie preßte die Lippen zusammen. Eine Antwort hätte sie nur abgelenkt. Sie entdeckte die fluoreszierenden Balken von Marke vier voraus. Bei Marke fünf war Schluß. Dort endete die vier Kilometer lange Bahn in einem Erdwall. Dahinter wuchsen die Gebäude des Office wie mahnende Finger in die Höhe.

»Los, los.«

Sie zog das winzige Kristallrad in der Mittelkonsole nach hinten. Dicht vor ihr leuchtete ein grünes Licht auf. Exakt bei Schub achtundneunzig Prozent lösten sich die Räder vom Boden, erhielt der Kasten ein klein wenig Auftrieb und richtete seine Nase steil in den Himmel.

Die Triebwerke brüllten auf wie zornige Stiere. Die Wolkenkratzer lehnten sich der Maschine entgegen. Noch reichte die Beschleunigung bei weitem nicht aus, ihren Fängen aus Beton zu entkommen. Syrana schickte ein Stoßgebet los.

Irgendwie schaffte sie es trotzdem, die Nase des Brummers bis zum höchsten Steigungswinkel hochzuziehen und die Box zwischen zwei Spiralen hindurch in den freien Himmel zu richten.

»He, Kleine. Der Wegweiser ist goldrichtig. Ich denke, du hast uns allen einen großen Dienst erwiesen.«

Sie achtete nicht auf Milvorna, warf aber einen Blick ins Periskop, das ihr den Bereich hinter ihrer eigenen Maschine zeigte. In einer Reihe kamen sie herauf, wie an einem unsichtbaren Faden, der am Heck der Box-Eins befestigt schien. Sie folgten exakt in ihrem Kielwasser.

Syrana änderte leicht den Kurs und steuerte direkt nach Süden. Als sie den Raumbahnhof unter sich hatte, schwenkte sie in eine enge Kurve nach Westen ab. Die Stadt lag jetzt rechts unter ihr, ein Meer aus Gebäuden, eingetaucht in ein flirrendes Inferno aus Lichtstrahlen und Energiewänden.

Nicht hinsehen redete sie sich ein. *Du wirst verrückt dabei. Konzentrier dich auf deine Aufgabe.*

Es ging nicht. In ihrem Helm hörte sie die Ausrufe der anderen, die jetzt ebenfalls genug Höhe erreicht hatten und dasselbe sahen wie sie.

Entlang der Energiewand im Westen brodelte und kochte es. Riesige Heere von roten, seifenblasenähnlichen Gebilden stauten sich an dem energetischen Vorhang, und darüber, in der Schwärze der Nacht und von den Scheinwerfern kaum zu erfassen, tanzten überdimensionale Schemen in der Luft. Invasoren? Fremde Intelligenzen?

Irgendwie wäre sie froh gewesen, wenn es stimmte. Aber die Anweisungen aus der Einsatzleitung hatten ihr zu denken gegeben.

»Tower, sehen Sie das? Wie sollen wir so etwas aufhalten?«

»Gute Frage. Halten Sie sich an die Anweisungen. Die Blasen stellen im Augenblick die eigentliche Gefahr dar. Versuchen Sie, so viele wie möglich abzuschießen, um den Druck vom Energieschirm zu nehmen. Anschließend kümmern Sie sich um die Träger.«

Mit »Träger« meinte der Funker im Tower offenbar die flatternden Dinger hoch droben.

»Verstanden.«

Zwanzigmal bekam er es zu hören. Dann herrschte Funkstille. Weit im Osten machte sich die nächste Staffel für den Aufstieg bereit.

Syrana wußte das, aber es besaß für sie keinerlei Bedeutung. Ihre Maschine flog zuvorderst, das allein zählte. In ihrem Magen machte sich ein flaues Gefühl breit. Es kroch gleichzeitig nach unten und oben, und sie versuchte, es einfach zu ignorieren und sich auf ihre Aufgabe zu konzentrieren.

Drei, vier Kilometer vor ihr kochte die Luft, und rechts unterhalb der Kanzel erspähte sie die Blitze von den Kurzschlüssen, mit denen die Schutzleute und die Mitarbeiter des Office versuchten, die Energiewand zu stabilisieren und langsam über die Stadt hinweg auszudehnen. Es gelang nicht. An verschiedenen Stellen gaben altersschwache, überlastete Aggregate der unterirdischen Anlagen offensichtlich ihren Geist auf und gerieten ins Stottern. Lücken entstanden, und sofort quollen dichte Mengen der dunkelrot schimmernden Blasen wie in Gallert gebetteter Fischlaich in die Stadt hinein; sie ergossen sich in die Straßen und über die Gebäude und Fahrzeuge.

Ein heiserer Schrei drang über die Lippen der Pilotin. Mit fliegenden Fingern programmierte sie ihre Abstrahlrohre und starrte gleichzeitig gebannt und verzweifelt nach unten.

»Säure«, ächzte jemand in ihrem Helm. Sie vermochte die Stimme nicht einwandfrei zu identifizieren. »Das Zeug löst alles auf.«

Überall dort, wo die roten Blasen mit dem Untergrund und den Gebäuden in Berührung kamen, entstanden dunkle Löcher in dem Material. Metall und Plastik aller Art, Beton und andere Baustoffe verflüssigten rasch und wurden von den Blasen absorbiert. Nichts blieb übrig außer einem roten, flüssigen Brei, der sich wie bei einer plötzlich entstandenen Quelle rasch ausbreitete.

Syrana wollte Alarm geben und ihre Beobachtungen mitteilen. Aber ein dicker Kloß saß in ihrer Kehle. Mehr instinktiv als bewußt nahm sie wahr, daß sie die geeignete Distanz erreicht hatte. Die Zieleinrichtungen waren justiert und meldeten Bereitschaft.

In rascher Folge löste sie die zwanzig Energiekanonen aus. Grelle Lichtbahnen rasten schräg nach unten weg, bohrten sich in den unübersehbaren Wust dieser roten, wabernden Masse, erzeugten kochende Strudel von hellgelber Farbe, vermischten sich mit der roten Masse und brachten einen Teil davon zum Zerplatzen. Doch dort, wo ein Loch entstand, füllte es sich aber sofort mit nachschiebendem Material.

Das Radar piepste. Ihre Maschine drohte einem der tanzenden Dinger dort oben zu nahe zu kommen. Sie gab eine Salve aus zehn Schüssen darauf ab und beobachtete, wie es plötzlich hell leuchtete, als feuriger Teppich in der erhitzten Luft schwankte und dann in unzählige Fetzen zerplatzte. Doch auch dort oben zählten die Gebilde zu Tausenden oder vielleicht sogar Millionen.

Syrana schaltete die Automatik aus und übernahm die Box-Eins in Handsteuerung. Sie mußte die Maschine hochziehen und gleichzeitig nach rechts abdrehen. Wenn sie im Verband flogen und keine anders lautende Order existierte, wurde immer nach rechts gedreht.

Box-Zwei dröhnte dicht unter ihr vorbei. Milvorna ging aufs Ganze. Sie schoß eine Breitseite nach der anderen ab, erreichte die kritische Distanz und überschritt sie. Sie drehte ab, aber das Heck der Maschine geriet in den Bereich der Blasen. Sekunden nur dauerte es, bis die Maschine ohne Heck und mit aufheulenden Triebwerken abschmierte. Sie sackte durch, flog mitten in die Energiewand hinein, erzeugte Überschlagblitze und verschwand dann noch immer feuernd außerhalb in der Finsternis. Ein roter Schimmer zeigte ihren Weg an. Sekunden ging es bis zum Feuerball, und der drang nur gedämpft herauf.

Milvornas Tod war vollkommen sinnlos, doch es war keine Zeit, weitere Gedanken daran zu verschwenden.

Syrana vollendete ihre Schleife und begann erneut mit dem Energiebeschuß. »Wenn jetzt einer sagt, sie sei ja bloß eine Androidin gewesen, dann hole ich ihn eigenhändig vom Himmel«, hörte sie Pekalas murmeln.

Gemeinsam schufen sie eine Feuerwand, doch auch diese brachte die herandrängenden Massen nicht zum Stehen. Weitere Staffeln stiegen auf, und auch die Jäger mit ihrer verhältnismäßig geringen Bewaffnung kamen zu Hilfe. Vergebens. Was sie taten, ergab keinen Sinn.

»Wir müssen höher hinauf. Helft mir.« Sie begann bei der nächsten Schleife gegen den Himmel zu schießen und einen Tänzer nach dem anderen herunterzuholen. Als ein paar Sterne blinkten, atmete sie auf. Dort oben gab es eine Chance, und wenn sie die »Träger« vernichteten, kam vielleicht der gesamte Angriff zum Erliegen.

Wenn es nicht tatsächlich Milliarden waren. Gegen eine solche Menge kamen die Maschinen des gesamten Planeten nicht an.

Irgendwo geriet Unordnung in den Funkverkehr. Sie hörte mehrere Frequenzen, die sich überlagerten. Sie brachten Anweisungen vom Regenten und den Dedicateds sowie aus dem Office. Sternenschiff SOLEMNIS war nach mehrfachen Versuchen, an einer der Orbitstationen anzudocken, beschossen und vertrieben worden. Das wracke Schiff torkelte in die Atmosphäre hinein und verglühte als feuriger Komet irgendwo hinter dem Horizont.

Syrana fand ein paar Sekundenbruchteile dafür Zeit, an die Insassen zu denken. Gemelman und seine Familie. Ihr Versuch, sich in Sicherheit zu bringen oder gar das Kommando über eine der Orbitalstationen an sich zu reißen, war gescheitert. Sie hätten es von Anfang an wissen müssen. Die Stationen über Marvon unterstanden unmittelbar dem Regenten und nahmen von niemandem sonst Befehle entgegen.

Die Lücke am Himmel wurde größer, und die Männer und Frauen feuerten Syrana an. Sie zog ihre Schleifen enger und schraubte sich langsam in die Höhe. Sie durchstieß die Lücke und begann mit dem Beschuß von oben. Gleichzeitig schickte sie Energiebahnen horizontal davon. Die Beleuchtung reichte aus, ihr einen Geschmack vom Ausmaß der Bedrohung zu geben. Bis zum Horizont reichten die fliegenden Teppiche, und darunter sah es vermutlich nirgendwo besser aus.

»Kommt, helft mir«, bat sie. Wie eine Energiefräse begann sie unter den riesigen Dingern zu wüten. Sie sah jetzt auch, worum es sich handelte. Riesige Blüten, die auf der Hitze und der Luftfeuchtigkeit über das Land trieben.

Nie und nimmer konnten das Pflanzen sein, die auf Marvon entstanden waren. Sie teilte ihre Ansicht den anderen mit. Keiner widersprach. Sie hatten alle genug zu tun, mit ihren Maschinen auf Distanz zu bleiben. Die Wirkung der Millionen Blasen kannten sie. Und mit den Blüten wollten sie ebenso wenig in Berührung kommen. Syrana rief den Tower, doch sie erhielt keine Antwort. Nie mehr. Das Gelände existierte vermutlich nicht mehr, denn die Blasen drängten von allen Seiten herbei. Durch eine Lücke, die sie gemeinsam freischossen, beobachteten sie, daß unter ihnen keine einzige Energiewand mehr stand. Die Weststadt bestand aus einer einzigen roten Pfütze.

Ein Stöhnen kam aus Syranas Kehle. Sie bekam für ein paar Augenblicke keine Luft mehr. Ihre Familie – hoffentlich hatte sie sich rechtzeitig in Sicherheit bringen können. Doch wohin? Fast beneidete sie Milvorna, die sich wenigstens keine Gedanken über eine Familie zu machen brauchte. Es trauerte ihr auch niemand nach außer den Kameraden.

Falls welche übrigblieben...

»Wie groß schätzt ihr unsere Chancen ein?« fragte

Jerean. »Unter uns ist das Chaos. Mein Treibstoff reicht für gut zwei Stunden. In großer Höhe vielleicht für drei. Können wir noch etwas ausrichten?«

Sie versuchten es und schossen sich Blicke hinab auf die Stadt frei. Immer mehr versank Kryfaltar im Dunkel, erloschen auch die letzten Leuchtschichten in den Straßen. Der rote See schluckte alles, und er dehnte sich auch außerhalb der Stadt aus, dort, wo das Verderben hergekommen war.

Ein letztes Mal versuchten die Flieger in den insgesamt achtundvierzig Boxen eine Funkverbindung mit der Stadt zu bekommen. Niemand antwortete. Kryfaltar war innerhalb einer Stunde gestorben.

»Die Brut kommt mit dem schwülen Wetter von Westen. Laßt uns dorthin fliegen«, schlug Tukuso vor. »Jenseits des Ozeans sieht es vermutlich anders aus. Vielleicht haben wir dort eine Chance, dem Untergang zu entgehen. Im Hochgebirge oder in den Wäldern. Syrana, du hast die meisten Schleifen gedreht und so den meisten Treibstoff verbraucht. Du bestimmst, wie weit wir fliegen.«

Alle erklärten sich einverstanden. Gemeinsam und in vier Reihen stiegen sie auf fünftausend Meter. Hier oben gab es keine Blüten und keine Blasen. Der Himmel über Marvon leuchtete nachtschwarz und ruhig, und darüber glitzerten die Sterne der Milchstraße. Das Band der Zentrumsregion leuchtete in Talfors Sternensektor so hell, daß man im Cockpit Zeitung lesen konnte.

Irgendwo dort draußen gab es bewohnte Planeten und Raumstationen. Dort gab es Schiffe des Solaren Imperiums und anderer Mächte. Sie mußten die Hilferufe der Hyperfunkstation empfangen haben. Vielleicht befanden sich bereits Konvois unterwegs. Notrufe bedeuteten eine Verpflichtung.

Sie flogen die ganze Nacht durch, erst nach Westen, dann nach Norden und später nach Westen und Süden. Mit Testschüssen nach unten vergewisserte sie sich, daß sich die Vernichtungsorganismen auf die Schwülwetterzone beschränkten. Viertausend Kilometer legten sie zurück, dann ging Box-Eins der Sprit aus. Längst waren die Haupttanks leer, und die Box flog mit dem Plasmatriebwerk. Das Geschwader befand sich über ausgedehnten Waldlandschaften.

»Ich werde landen, sobald es nötig ist.« Syrana wackelte mit den Tragflächenspitzen zum Zeichen, daß alles in Ordnung war. »Ihr fliegt weiter. Bis zu den Bergen sind es noch knapp über tausend Kilometer. Ihr schafft es.«

»Wir bleiben«, beharrte Tukuso.

»Das ist ein Befehl. Als Kommandantin und Pilotin der Führungsmaschine erwarte ich, daß ihr meinen Anweisungen Folge leistet!«

»Jawohl, Kommandantin!«

Syrana versuchte noch eine halbe Stunde, ihre Maschine so hoch wie möglich zu halten. Als das Rotlicht zu glimmen begann und die Schepperstimme des Computers verkündete, daß sie noch für knapp zehn Minuten Treibstoff hatte, ließ sie die Box absacken.

»Macht's gut. Vielleicht sehen wir uns wieder. Ich versuche auf alle Fälle, mich bis zu den Bergen durchzuschlagen.«

»Wenn die da unten dich lassen.«

Jerean sprach vom intakten Waldgebiet unter ihnen und von den Waldlingen, die dort wohnten. Immer wieder stellte sich heraus, daß die Besessenen noch lange nicht ausgestorben waren.

»Sie werden mich schon nicht auffressen.« Sicher war sie sich nicht. Das Geschwader zog über ihrer Kanzel vorbei, und sie winkte hinauf und sah die Handschuhe mit den ausgestreckten Daumen. Dann konzentrierte sie sich auf die Landung. Sie suchte sich einen breiten Steppenstreifen zwischen dem Wald und einem kleinen Fluß auf, von dem sie notfalls wieder starten konnte. Sie kreiste über dem Gebiet, ehe sie auf tausend Meter herabging und den Landeanflug einleitete. Der Treibstoff reichte noch für eine knappe Minute. Es genügte, die letzte Schleife zu ziehen und die Maschine in einer engen Kurve hinabzulenken. Mit laut jaulenden Triebwerken ging der riesige Vogel herunter, als wolle er sich in den Erdboden bohren. Fünfzig Meter über Grund zog Syrana die plumpe Nase der Maschine hoch und brachte das Ungetüm mit den noch zu einem Drittel gefüllten Energiespeichern auf die Graspiste. Die Box war schwer, deshalb konnte sie nur sehr behutsam bremsen. Sechs Kilometer Weg stellten in einem solchen Fall keine lange Strecke dar.

Als das Ungetüm dann endlich holpernd und schaukelnd ausrollte und zum Stillstand kam, wollte die Marvonerin es gar nicht richtig glauben. Fast eine Stunde saß sie reglos in ihrem Sessel, sprach noch einmal kurz über Funk mit dem Geschwader, ehe der Funkkontakt abriß. Wenigstens wußten die anderen jetzt, daß ihr bisher nichts zugestoßen war.

Wie in einem Film rollte die Nacht noch einmal vor ihrem inneren Auge ab. Der Abend mit den verrückten Bosthos und Dronthar, der in den Einsatz ging. Wie weit war er mit den kleinen Tanks seines Aufklärers wohl gekommen? Und wie ging es der Familie? Die Chance, daß sie den Untergang Kryfaltars überlebt hatte, betrug weniger als ein Promille.

Syrana löste langsam und fast roboterhaft die Gurte und nahm den Helm ab. Auf dem Kinnpolster hatten sich salzige Pfützen gebildet, die jetzt langsam auf ihre Oberschenkel tropften.

3.

»Hallo, Mister Jimm. Sie sind jetzt erwachsen. Wir haben es vernommen. Ab sofort müssen wir ›Sie‹ zu Ihnen sagen.« Die Fistelstimme brüllte es laut über den Platz. Der Haus-Bostho hüpfte ihm entgegen und schwenkte ein leeres Glas. »Soll ich es mit dem synthetischen Harzwein füllen, den Ihr Vater so gern trinkt?«

»Nein, nein. Danke, Servomüller.« Er wehrte den aufdringlichen Kerl ab und machte einen eleganten Schlenker um das Kugelwesen mit seinen zwanzig Greifarmen. »Ich brauche nichts.«

»Schade. Sie werden auf der Terrasse erwartet, Herr Jimm. Ein Gyro-Cab mit zwei Schutzmännern ist eingetroffen.«

So früh also. Sie ließen ihm nicht einmal Zeit, mit seiner Mutter ein paar Gedanken auszutauschen. Sicher wußte Balaton nichts davon. Er hätte es geändert.

Wollte er das überhaupt?

Jimm eilte in die Halle hinein und entdeckte seine Mutter zwischen den Säulen. Sie hatte seine Ankunft bereits bemerkt, was bei dem lauten Geschrei des Haus-Bosthos kein Wunder war. Mit wenigen Schritten stand er vor ihr.

»Sag schnell, geht es ihm gut? Hat er viel zu tun?«

Der junge Forlan nahm die Fragen mit einem erstaunten Nicken zur Kenntnis. Er versuchte, in den Augen seiner Mutter zu lesen, und studierte für einen Augenblick ihren Gesichtsausdruck.

»Was ist los, mein Sohn? Hast du Balaton nicht getroffen?«

»O doch, natürlich«, hörte er sich sagen. Seine Gedanken entglitten ihm, und er vergaß die vertraute Umgebung der Halle und der Säulen mit ihren Klangbehängen. Wie lange war es schon her, daß ein kräftiger Luftzug sie zum Klingen gebracht hatte?

Sie weiß nichts, erkannte er. *Sie hat keine Ahnung. Wie soll ich es ihr beibringen?*

»Er fühlt sich wohl. Und er grüßt dich und die Geschwister. Er freut sich schon auf den Tag, da er mal zu Besuch kommen kann. Die Arbeit ist sehr anstrengend und nimmt alle seine Kraft in Anspruch.« Die Worte sprudelten nur so aus ihm hervor. »Und gerade jetzt, in dieser Situation.«

»Die Männer im Gyro-Cab haben darüber gesprochen. Daß eine Gefahr droht und ein Schutz errichtet werden soll.«

»Niemand weiß, was es ist. Sage ihnen, daß ich gleich komme. Ich will mich ein wenig erfrischen. Der Besuch in der Cheopis war anstrengend.«

Er eilte davon und verschwand auf der Treppe, die in einer der Säulen nach oben zu den Ruheräumen führte. Er wusch sich, dann zog er eine eng anliegende Kombination an und darüber einen bunten Poncho. Vor dem Spiegel versuchte er, die widerspenstigen Locken zu zähmen und ihnen wenigstens den Hauch von Regelmäßigkeit zu verleihen. Immer wieder unterbrach er, um sich das Wasser aus den Augen zu wischen. Im Spiegel entdeckte er plötzlich die Gestalt seiner Mutter. Sie mußte schon eine ganze Weile dort im Halbdunkel stehen.

»Sag mir, was es ist«, murmelte sie. »Ich habe es sofort gespürt. Sag mir die Wahrheit, Jimm.«

»Mutter!« Er ließ den Kamm fallen und eilte in ihre Arme. Hemmungslos gab er seinen Gefühlen freien Lauf und weinte ihre Tunika naß. »Der Regent nimmt nur die Besten von allen, die klügsten und intelligentesten. Die mit der meisten inneren Kraft und dem höchsten Verantwortungsbewußtsein.«

»Dein Vater...?«

»Ja, Mom. Er ist ein Dedicated. Eine der Schaltstellen des Regenten. Einer der Steuermänner der Stadt.«

Heftig löste er sich von ihr und eilte davon, die Treppe hinab und hinaus auf die Terrasse. Zwei Männer waren es, ein junger von etwa zwanzig Jahren und ein älterer, den Jimm auf fünfzig schätzte. Das Gyro-Cab hatten sie in der hinteren Ecke neben der Treppe zum Garten geparkt. Sie musterten ihn stumm, und als er sie erreichte, machte der ältere eine knappe Handbewegung in Richtung des Fahrzeugs.

»Kommen Sie, Schutzmann Forlan«, sagte er. »Die Zeit drängt. Sie werden gebraucht.«

Die gleichmäßige, leicht rauhe Baßstimme flößte ihm Vertrauen ein. Mit raschen Schritten ging er auf das Fahrzeug zu und stieg ein. Drüben am Haus stand seine Mutter und sandte ihm einen letzten Gruß hinterher. Er winkte durch die Scheibe und sah, wie sie ihr Gesicht mit einem Tuch bedeckte.

Dedicated, formulierten ihre Lippen immer wieder und in einer Deutlichkeit, daß er es ohne Irrtum ablesen konnte. *Dedicated*.

Einer, der nie mehr zurückkehrte.

»Balaton, mein armer Vater.«

»O Gott!«

Wieder war es der ältere der beiden Männer, der sprach. Offenbar war er über seinen Besuch in der Cheopis informiert und verstand, was Jimm meinte. Er erhob sich, trat zu ihm und legte ihm die Hand auf die Schulter.

»Jimm Forlan, ich ernenne dich zu meinem Adjutanten und werde fortan du zu dir sagen. Du hast die Aufgabe, stets in meiner Nähe zu bleiben. Anweisungen nimmst nicht, ohne vorher bei mir anzufragen. Ich heiße Noger Tennessy. Mein Rang ist der eines Captains.«

»In Ordnung, Captain Tennessy.«

Das Gyro-Cab stieg auf, beschrieb einen Halbkreis über der Terrasse und vor der Säulenhalle und raste mit singenden Triebwerken nach Osten in den noch leeren Himmel über der Stadt hinein. Sie brachten Jimm zur Einkleidung und einer kurzen Hypno-Instruktion, danach ging es mit demselben Fahrzeug zur Baustelle.

Der junge Pilot redete während der ganzen Zeit kein Wort. Es bedurfte mehrerer Anläufe, bis Jimm endlich begriff, daß der Mann stumm war. Er überspielte seine Verwunderung und nahm sich vor, Tennessy bei Gelegenheit danach zu fragen.

Überall über dem Westen Bovenderns hingen Gleiter und schwankten gefährlich hin und her. Sie koppelten sich mit Hilfe starker Stahlseile aneinander und stellten damit einen Verbund her. Die Manöver und die Stabilität des Verbunds erforderten die höchste Aufmerksamkeit der Piloten. An den Stahltauen befestigten Schutzmänner Gleitrollen mit automatischen Bremssystemen, wie Jimm sie von Spielzeug-Seilbahnen her kannte. Sie hängten sich an diese Rollen und schwebten aus den Gleitern hinaus in den Orkan und den infernalischen Lärm, den die Staustrahltriebwerke der Gleiter erzeugten. Wie Puppen an Schnüren begannen sie zu tanzen und hin und her zu schwanken. Es grenzte an ein Wunder, daß sie es schafften, bis dicht an die unter den Gleitern hängenden Ballen zu gelangen. Sie klammerten sich an, hakten ihr Sicherungsseil mit Plastikhaken in die Ballen und hangelten sich dann zu den Stellen vor, an denen die Metallschnüre aus den Ballen ragten.

Hunderte von Seilakten auf dem Hochseil, zwanzig Meter über den Dächern und Turmspitzen der Stadt – mit dem Unterschied, daß diese Akrobaten im Auftrag des Regenten das Netz nicht unter sich, sondern über sich hatten.

»An bestimmten Stunden des Tages bin ich nicht schwindelfrei«, brachte Jimm Forlan mühsam hervor. »Hoffentlich geht das gut.«

»Wir sind informiert.« Tennessy grinste und klopfte

ihm auf die Schulter. »Scheint ein Erbstück von deinem Vater zu sein. Wir nehmen darauf Rücksicht, so gut es geht. Einverstanden?«

»Danke, Captain.«

Die Schutzmänner kletterten wie Spinnen an den schwarzen Ballen herum. Sie zogen die Schnüre lang, knüpften sie nach einem bestimmten Muster zusammen und verlängerten sie mit einem Hilfstau. Das Hilfstau befestigten sie am Gürtel ihres Anzugs, dann kletterten sie zurück zu ihrer Rolle. Mancher rutschte bei dem Umstieg in schwindelnder Höhe ab. Es gab einen Ruck, dann hing der Körper im Halteseil. Die Männer lösten die Plastikhaken und überließen sich der Rolle, die sie weg von den Ballen hinüber in die Mitte zwischen zwei Gleitern brachte. Dort wartete der Kollege, und mit einem einzigen, bestimmt hundertmal eingeübten Handgriff wechselten die beiden Verlängerungsschnüre den Besitzer.

Jetzt galt es, mit der Rolle zurück zum eigenen Gleiter zu gelangen und dabei die Seile des Ballens mit Hilfe des Verlängerungsseils mitzuziehen. Sobald sich die Metallschnüre benachbarter Ballen berührten, war es Zeit für den dritten Akrobaten des jeweiligen Einsatzteams. Er kletterte aus dem Gleiter und zog sein Sicherungsseil hinter sich her. Liegend oder kauernd und mit speziellen Magnethandschuhen schob er sich über die Stahltrosse bis in die Mitte. Nach einem bestimmten Muster verklammerte er die Metallschnüre miteinander und verschweißte sie anschließend mit einem kleinen Taschengerät.

Mit der Rückkehr der Schweißer schienen die Vorbereitungen abgeschlossen. Sie kletterten in die Gleiter zurück, und dann wurden die Akrobaten an den Rollen eingeholt. Man warf ihnen Strickleitern zu, an denen sie heraufkletterten. Anschließend zog man die Stahltrossen mit den daran befestigten Rollen ein.

»Gleich ist es soweit. Dann wird es sich erweisen, ob

das Ganze einen Sinn hat«, murmelte Tennessy. »He, Maran! Es wird Zeit, daß ich unseren jungen Freund aufkläre.«

Er erzählte Jimm, daß Maran vor zwei Jahren die Sprache verloren hatte. Der Schock bei der Konfrontation mit einem Dedicated hatte zu der Sprachstörung geführt. Die Psychologen hatten ihn wieder in Ordnung gebracht, aber sein Sprachzentrum blieb gelähmt und ließ sich auch durch Hypnoschulung und elektromagnetische Eingriffe nicht wieder herstellen.

Jimm erhob sich und eilte nach vorn. Impulsiv drückte er dem Piloten die Hand.

»Du brauchst dir deshalb keine Gedanken zu machen. Bei mir ist es anders. Aber vielleicht auch nur, weil ich meinem eigenen Vater begegnet bin.« Er begann zu zittern und machte eine fahrige Bewegung mit der Hand. »Ich bin dein Freund. Ja?«

Maran nickte heftig, und ein Lächeln glitt über sein Gesicht. Er erwiderte den Druck der Hand.

»Paßt gegenseitig ein bißchen auf euch auf«, flüsterte der Captain, und er meinte es verdammt ernst. »Ich kann meine Augen nicht überall haben. Und jetzt schaut hinaus. Die letzte Phase beginnt.«

Die Triebwerke der Gleiter heulten auf. Ihr Lärm steigerte sich zu einem Orkan, der selbst in dem verschlossenen Gyro-Cab kaum auszuhalten war.

Die Ballen verloren ihren Zusammenhalt. Sie glitten auseinander und folgten den metallenen Leitschnüren nach außen. Die Schnüre bildeten die groben Hauptfäden, an denen sich jetzt das eigentliche Netz aufbaute. Ein riesiger Schatten breitete sich über dem Westen Bovenderns aus, ein Mantel von vierhundert mal vierhundert Metern. Er bildete ein feinmaschiges Netz, durch das höchstens noch zwanzig Prozent des Sonnenlichts drangen.

»Dort!« Tennessy deutete nach Süden. Weitere Gleiter

näherten sich. Unter ihren Rümpfen trugen sie statt der Netzballen große Behälter. »Es handelt sich um eine schnell härtende Flüssigkeit. Damit wird das Netz geschlossen. Die Stadt macht so dicht.«

Die Gleiter sanken nach unten, langsam und unter starker Belastung der Triebwerke. Die Piloten mußten wahre Steuerkünstler sein, wenn sie ihre Absicht verwirklichen wollten.

Sie schafften es nach mehreren Anläufen. Sanft legten sie das schwere Netz auf die Dächer der Stadt, bewegten es ein wenig hin und her, um Höhenunterschiede auszugleichen und das Gewicht so zu verteilen, daß das Netz nicht riß. Die Stahltrossen unter den Gleitern wurden ausgeklinkt, und die Fahrzeuge formierten sich in mehreren Gruppen. In einem Bogen nach Osten und Süden flogen sie davon und machten den Fahrzeugen mit den Behältern Platz.

»Jede Luftzufuhr wird so unterbunden. Drunten in den Häusern wird man bald nicht mehr atmen können.« Jimm Forlan suchte Tennessys Blick. »Wäre es nicht besser, die Bewohner würden die Stadt für eine Weile verlassen?«

»Wir wären froh, wenn wir es wüßten. Niemand weiß genau, was auf uns zukommt, ob es tatsächlich eine Gefahr gibt und dieses Netz sinnvoll ist. Die Belüftung erfolgt vorläufig über die Straßen und Wege. Sie bleiben offen und werden erst ganz am Schluß zugemacht, wenn es sich wirklich erweist, daß Bovendern bedroht ist. Kryfaltar antwortete nicht. Wir erhalten aus der Region dort keine Nachrichten mehr. Es sind Aufklärer unterwegs, aber bisher hat sich keiner von ihnen zurückgemeldet. Im Office sind alle in großer Sorge. Es heißt, daß der Regent zu Ruhe und Umsicht mahnt.«

Jimm berichtete, was er von seinem Vater erfahren hatte. Daß es möglicherweise mit dem Wetter und der Vergangenheit zu tun hatte. Captain Tennessy wurde sichtlich bleich um die Nasenspitze; er wies Maran an, abzudrehen und zu ihrem endgültigen Einsatzort im Osten der Stadt zu fliegen. Er sprach kein einziges Wort mehr, bis sie ans Ziel gelangten.

Die Stunden vergingen schleppend langsam. Immer wieder meldete das kleine Gerät an seinem Hals, daß sich sein Kreislauf noch nicht stabilisiert hatte. Weitere Schwindelanfälle waren zu erwarten.

»Gib mir eine Injektion«, verlangte Jimm von dem Automaten. »Draußen warten sie schon auf mich. Es steht zuviel auf dem Spiel.«

»Tut mir leid«, säuselte der kleine Kasten. »Der Auftrag von Captain Tennessy ist exakt umrissen. Ich darf deiner Aufforderung nicht Folge leisten.«

»Dann gib mir wenigstens etwas zu trinken.«

Er erhielt mit Kalzium angereichertes Wasser und trank gierig. Seit seiner Rückkehr aus der Cheopis verspürte er starken Durst. Es hing damit zusammen, daß er neben seinen täglichen Beschwerden leichtes Fieber hatte. Der Gedanke, daß sie draußen auf ihn warteten und mit der Arbeit nicht vorankamen, solange ein Mann fehlte, verursachte ihm zusätzlichen Streß, so daß er Tennessy kommen ließ.

»Ich halte es nicht mehr aus«, sagte er und leerte sein drittes Glas Wasser. »Ich brauche frische Luft.«

»Einverstanden.« Der Captain nahm ihm das Kästchen vom Hals und schaltete es aus. »Aber du mußt mir versprechen, daß du dich sofort meldest, wenn du Probleme mit dem Kreislauf bekommst.«

»Versprochen.«

Er zog sich hastig an und eilte aus dem kleinen Medocontainer hinaus ins Freie. Von oben erspähten sie ihn bereits. »Los, Faulpelz! Worauf wartest du noch? An die Arbeit!« Das war Torak, der links neben ihm seine Position hatte.

Jimm beachtete ihn nicht. Er hielt Ausschau nach der anderen Seite. Maran winkte zu ihm herab. Er winkte zurück.

»Ich komme!« rief er zu ihm hinauf und sprang in den Aufzug an der Außenseite des Gebäudes. Rasch und mit einem schrillen Singen trug ihn die kleine Kabine nach oben.

Über der Stadt wimmelte es von Gleitern. Bestimmt waren es mehrere tausend, alles, was die Stadt und ihr Umland an Fahrzeugen aufbringen konnten. Sie legten einen Schutzschild über die Stadt, deckten sie zu mit einem Mantel aus Schwärze und Schweigen. Von allen Seiten arbeiteten sie sich in die Mitte vor, und das schwarze Dach wuchs von Stunde zu Stunde. Nur der Bereich im Süden, die Cheopis, blieb noch ausgespart. Bei den steilen Pyramiden, den Spindeln und Spitztürmen gab es Probleme mit der Statik. Nach Aussage des Office arbeiteten der Regent und die Dedicateds daran. Sobald Bovendern sicher war, kam die Cheopis an die Reihe.

Jimm hoffte, daß er die gefährlichen Stunden seiner täglichen Schwindelanfälle hinter sich hatte, und kletterte in das Netz. Hier, direkt über den Verwaltungsgebäuden der östlichen Industriezentren, verfuhren sie mit der Konstruktion anders. Die Gebäude unter ihnen wiesen eine größere Stabilität und Festigkeit auf als die Wohnhallen im Westen und Norden. Sie mußten das Netz nicht in der Luft weben und dann auf die Dächer absenken. Dafür bauten sie Brücken. Von einem Ende des Anlagenkomplexes bis zum anderen und über die achtspurigen Gleiterkorridore hinweg zum nächsten Komplex. Sie benutzten einen Teil der Gebäude als Säulen und Stützen und errichteten darauf die Brücken.

»Endlich«, empfing Torak ihn. »Du hast dir Zeit gelassen.«

»Mmmhh – mmhhmmm!« Maran versuchte mit aller Gewalt, sie auf sich aufmerksam zu machen. Er schüttelte den Kopf, deutete auf Jimm und machte eine verneinende Bewegung mit der Hand.

»Er meint, ich konnte nicht früher kommen«, erläuterte Jimm und nahm seine Position zwischen den beiden ein. »Stimmt's?«

Maran nickte heftig. Torak lachte.

»Entschuldige, es war auch nur gefrotzelt. Tennessy hat uns alle informiert. Konzentriert euch jetzt.«

Sie baumelten im Netz unmittelbar über der Dachkante des Gebäudes. Neben ihnen wuchs das Plastonkonstrukt der Brücke in die Höhe, einem Ausleger gleich, der ins Bodenlose ragte und mit der Spitze auf das Nachbargebäude zielte. Zwanzig waren sie, sie arbeiteten Hand in Hand. Über ihnen senkten sich die Gleiter herab. Einige Frauen bedienten die Winden und rollten das Material ab.

»Gut so, Jungs. Fangt an. Die Zeitvorgabe beläuft sich auf eine halbe Stunde.« Drüben auf den Dächern der Nachbargebäude arbeiteten andere Gruppen. Sie hatten bereits begonnen. Alles, was sich an diesem Tag über den Dächern der Stadt abspielte, war solide Handarbeit. Um es von Robotern erledigen zu lassen, hätte es Tage und Nächte komplizierter Programmierung bedurft. Zudem gab es nicht so viele Maschinen in Bovendern und den anderen Städten auf Marvon. Und die Androiden waren zu schwer für die Arbeit in luftiger Höhe, die Bosthos zu dumm.

In einer der länger zurückliegenden Hypnoschulungen hatte Jimm die Vorteile der menschlichen Kultur auf Marvon erfahren. Die Unterschiede zu voll robotisierten Zivilisationen, wie sie es auf anderen Welten gab, ließen sich klar und deutlich beschreiben. Wenn Maschinen den gesamten Lebenszyklus regelten, blieb den Menschen keine Initiative mehr. Sie degenerierten. Wie sich eine solche Entwicklung auswirkte, das zeigte ein Demonstrationsfilm, in dem die Degeneration im Volk der Arkoniden beschrieben wurde. Im Vergleich damit durfte sich Marvon als das reinste Paradies betrachten.

Die Gruppe begann auf beiden Seiten des Brückenbogens zu knüpfen. Die Frauen lieferten ihnen von oben das Material, und sie verschweißten es hier unten kunstvoll und nach einem von Statikcomputern berechneten Muster. Die Führungsfäden blieben in den Gleitern. Sie schaukelten über dem Dach und fielen an den Rändern in die Tiefe. Das ganze Gebilde unterschied sich nicht groß von den durchhängenden Stahlseilen einer richtigen Brücke mit dem Unterschied, daß hier die Trossen nicht von einem Brückenbogen zum nächsten führten, sondern hinauf zu den Gleitern. Und diese brachten sie, wenn die Knüpfarbeit beendet war, auch nicht hinüber zum anderen Ende des Gebäudes, sondern führten sie hinüber zu den Nachbargebäuden. Diese Vorgehensweise benötigte einen größeren Zeitaufwand als die, wie sie im Westen und Norden der Stadt Verwendung fand. Gemessen an den Flächen, die überspannt werden mußten, erwies sie sich jedoch als effektiver.

Achtundzwanzig Minuten brauchten sie, und in dieser Zeit sprachen sie kein Wort. Jeder wußte, worum es ging. Sie arbeiteten gegen die Zeit und gegen eine Gefahr, deren Ausmaße sie nicht kannten. In Kryfaltar besaß die Bevölkerung diese Kenntnisse mit Sicherheit schon, doch dorthin gab es keinen Kontakt mehr.

Ab und zu erhaschte Jimm einen Blick auf Noger Tennessy. Täuschte er sich, oder wurde der Captain immer nervöser? Manchmal sprach er hastig und betont leise in sein Funkgerät; es ließ sich nicht erkennen, ob er dann mit den Gleitern sprach, mit dem Office oder einer anderen Stelle. Einmal wollte er der Gruppe etwas zurufen, tat es dann aber doch nicht.

Maran hob den Arm und signalisierte, daß sie die letzten Schweißnähte angebracht hatten. »Gut«, hörten sie Tennessy sagen. »Jimm, wie fühlst du dich?«

»Alles in Ordnung. Keine Störungen des Gleichgewichts.«

»Dann vorwärts. Aber seid vorsichtig. Nehmt euch Zeit. Wir haben keine Eile.« Ein wenig wunderten sie sich über seine Worte. Zuerst hatte er sie angetrieben, jetzt beschwichtigte er ihren Arbeitseifer. Damit brachte er wohl zum Ausdruck, daß ihre Sicherheit ihm wichtiger war als ein schneller Abschluß der Arbeiten.

Vielleicht hing es jedoch mit den Funkgesprächen zusammen, die er geführt hatte.

»He–ho, He–ho!« Mit diesem Ruf schwangen sie sich hinaus ins Bodenlose. Wie kleine, dunkle Spinnen in einem riesigen Netz bewegten sie sich, zogen Fäden und schufen Verbindungen. Über ihnen sirrten die Motoren der Gleiter, doch sie hörten es nicht mehr. Die Augen fest auf den schwankenden Untergrund gerichtet, balancierten sie in luftiger Höhe und arbeiteten sich immer weiter in den freien Raum zwischen den Gebäuden hinein.

»Wir schaffen es!« rief Jimm nach einer Weile. »Maran, wir bleiben im Zeitplan. Wir retten unsere Stadt.«

Der Stumme hob die Hand zum Zeichen, daß er ihn verstanden hatte. Sein Gesicht strahlte Dankbarkeit aus. Maran freute sich, daß er sich um ihn kümmerte und die Verständigung suchte. Jimm nahm sich vor, die Kontakte zu dem Stummen auch nach Abschluß der Arbeiten und dem Ende der Bedrohung weiterzuführen.

»Achtung!« rief ihnen von oben eine helle Stimme zu. »Die Netze kommen. Bringt euch auf die Außenpositionen.«

Sie taten wie geheißen, zogen sich an den Strängen entlang hinaus und klinkten sich mit den Sicherheitshaken in die Führungen, die unter der eigentlichen Grundstruktur verliefen.

Ein Schlag erschütterte die Stränge. Der Brückenbogen zitterte, die Gleiter schwankten und sanken ein Stück nach unten. Wie eine Woge schwarzen Teers glitt das Netz aus einer der Maschinen, legte sich auf die Führungstrossen und sauste an ihnen entlang nach unten bis hinüber zum Dach. Auf Jimms Seite lief alles glatt, doch drüben stimmte etwas nicht.

Falsch eingefädelt. An einer Stelle lief das Netz nicht auf der Trosse, sondern unter ihr.

»Maran, paß auf!«

Jimm schrie aus vollem Hals, aber seine Warnung kam zu spät. Maran wollte noch reagieren, doch das Netz war zu schnell. Es traf ihn mit voller Wucht. Sein Sicherungshaken riß einfach aus. Der Stumme wurde davongeschleudert. Er versuchte noch, sich an einen der Stränge zu klammern, aber seine Arme und Beine waren gebrochen und standen unnatürlich schief vom Körper ab. Ohne einen Laut stürzte der Körper in die Tiefe.

Nein, nur das nicht! Nicht auch noch!

Jimm Forlan schloß die Augen. Er konnte es nicht mitansehen. Über ihm rutschte das Netz entlang und vermittelte ihm das Gefühl, selbst in einem Schleudersitz zu hocken und jeden Augenblick den Kontakt mit der Trosse zu verlieren. Ein dumpfer Laut kündete davon, daß der Körper auf dem Boden aufgeschlagen war.

Als Jimm nach endlosen Sekunden die Augen wieder öffnete, bewegte sich kein einziger aus der Gruppe mehr. Oben in dem Gleiter herrschte Totenstille. Niemand sprach ein Wort. Noger Tennessy befand sich nicht mehr auf seiner Position. Dafür sahen sie ihn unten, wie er aus dem Aufzug rannte und hinüber zu Maran. Der Stumme lag in einer dunklen Lache, und Tennessy rief mehrere Roboter herbei, die Maran wegbrachten.

»Hört auf da oben«, verstanden sie ihn. »Verlaßt das Netz und kehrt auf das Dach zurück. Wir brechen die Arbeiten ab.«

Sie verstanden ihn nur zu gut, aber ein Rundblick zeigte ihnen, daß seine Anweisung nichts mit dem Absturz Marans zu tun hatte. Überall auf den Gebäuden und zwischen ihnen waren die Arbeiten zum Stillstand gekommen. Die Gruppen verließen ihre Einsatzorte und kehrten auf den Boden zurück.

»Was ist los?« schrie Torak. »Was wird hier gespielt?«

Jimm sah zu, daß er auf das Netz hinaufkam, das seine Rutschbewegung inzwischen eingestellt hatte und am Dachrand anstieß. Er watete über die Netzknoten hinüber zum Dach und erreichte den Aufzug als erster. Ohne zu warten, fuhr er hinab und eilte zu Tennessy.

»Wird er überleben?«

Der Captain maß ihn mit einem Blick aus Erstaunen und Irritation.

»Junger Forlan, so einen Sturz überlebt man nicht. Schon gar nicht, wenn man vorher bereits alle Knochen gebrochen hat. Maran ist tot.«

Das Blut wich aus Jimms Gesicht. Er schluckte krampfhaft.

»Wir arbeiten nicht weiter, warum?«

»Es wird sich zeigen.« Er hob die Arme und winkte. »Los, schneller, da oben! Bringt euch in Sicherheit! Ihr seid ab sofort vom Dienst befreit. Schaut nach euren Familien und wartet die Anweisungen des Office ab.«

Endlich kapierten auch die letzten, daß es um mehr ging als nur den Abbruch der Arbeiten. Die Gleiter kappten die Trossen, und die Netze fielen zwischen den Gebäuden nach unten und rutschten zu häßlichen Haufen zusammen.

»Die Gleiter zurück an die Ausgangspositionen!« kommandierte Tennessy. »Wartet dort auf neue Anweisungen.« Zu Jimm gewandt, fuhr er fort: »Wir fliegen zu einer wichtigen Einsatzbesprechung. Du steuerst das Gyro-Cab!«

»Ich kann nicht, Captain.« Jimm Forlan zitterte am ganzen Körper. Er fühlte sich nicht fähig, jetzt auch nur einen einzigen Schritt zu tun.

»Du wirst fliegen. Wenn dir dein Leben lieb ist, dann komm mit. Oder willst du enden wie Maran?«

Tennessy schob ihn vor sich her zum Fahrzeug. Er stieß ihn in den Pilotensitz und schloß den Eingang. Dann sagte er ihm, wo ihr Ziel lag.

4.

»Da! Dein Schwarm, Ostraer. Pünktlich wie immer.«

Die drei Jäger wischten sich den Schweiß aus dem Gesicht. Die feuchte Luft erschwerte das Atmen, und die Hitze ließ die Männer nur zu gern im Schatten der Felsen verweilen.

»Der Ostraer-Schwarm«, wiederholte der Angesprochene stolz. Jeder hatte seinen Schwarm, sie brauchten nur zu warten. Von der Blüte bis zur Ernte wiederholte sich jeden Tag dasselbe Spiel.

Wieder richtete Ostraer seine Augen auf den Schwarm. Plötzlich aber sprang er auf. Er verließ seinen Platz zwischen den schattigen Felsen und rannte den schmalen Weg hinab in die Ebene. Sein Bastrock wehte hinter ihm her, und das zu einem Zopf geflochtene Haupthaar schaukelte heftig. Der Jäger hielt den Blick unverwandt in die Ebene gerichtet und achtete kaum auf den Boden.

»Er verscheucht uns das ganze Wild«, murrte Errvyn. »Nächstes Mal sollten wir ihn bei den Hütten lassen.«

Die Morus-Vögel näherten sich aus der Richtung des Felsengebirges und strebten den weiten Gefilden des Waldes zu. Das war nichts Außergewöhnliches und lockte keinen Jäger aus seinem Versteck hinaus ins Freie.

Hülsvich legte Errvyn eine Hand auf die Schulter und schüttelte den Kopf.

»Seine Augen sind besser als deine. Er hat etwas entdeckt. Schau mal!« Er deutete auf den Himmel über der Ebene, und jetzt sah auch Errvyn es. Etwas war mit dem Schwarm. In unregelmäßigen Abständen fiel einer der Vögel aus dem Himmel, verließ den Schwarm in einer steilen Kurve und stürzte ungebremst dem Boden entgegen. Ostraer hatte es als erster entdeckt.

»Was sollen wir tun?«

Hülsvich dachte kurz nach. »Wir bleiben. Es ist das beste. Ostraer wird zu uns zurückkehren.«

Sie beobachteten den Flug des Schwarms, und je länger sie auf die kleinen Leiber und ihre Bewegungen starrten, desto deutlicher nahmen sie die Störungen im Gleitflug wahr. Viele der Vögel kämpften um ihr Gleichgewicht; immer wieder verließ einer den Schwarm und versuchte sich hinab zum Boden zu retten. Einigen gelang es. Sie flatterten nervös in dem hohen Gras auf und ab, ohne die Chance, wieder aufzusteigen und sich dem Schwarm anzuschließen. Die anderen stürzten ab und verendeten mit ein paar Zuckungen.

Die beiden Jäger sahen, wie Ostraer sich ins Gras bückte, und einen der Vögel untersuchte. Er nahm ihn auf, sammelte danach ein halbes Dutzend der Vögel ein und kehrte dann im Laufschritt zu den Felsen und ihrer Deckung zurück. Errvyn und Hülsvich erwarteten ihn.

»Da!« Ostraer warf ihnen zwei der Kadaver hin. »Seht euch das an. Es ist unglaublich. Als seien sie der Sonne zu nahe gekommen. Aber das ist unmöglich.«

Das Gefieder der Morus-Vögel sah teilweise verkohlt aus oder verätzt, wie mit Säure behandelt. Federn klebten zusammen, an anderen Stellen fehlten sie völlig und mit ihnen Teile der Haut und des Fleisches. Je nach dem Grad der Beeinträchtigung behielten sie ihre Position innerhalb des Schwarms solange bei, bis sie die Kräfte verließen.

In unmittelbarer Nähe der Felsen schlug ein weiterer auf, und als der Schwarm den Waldsaum erreichte, hatte sich seine Zahl um mindestens zwanzig Tiere dezimiert. Und der Vorgang hielt weiter an.

»Das ist noch nie vorgekommen.« Ostraer stellte sich auf die oberste Zinne der Felsen und beschattete mit der Hand die Augen. »Ich erkenne weitere Schwärme. Sie fliegen ihre Routen wie immer, aber ich bin mir sicher, daß es bei ihnen nicht anders zugeht als hier.« Er wandte sich nach rückwärts in Richtung Wald, wo der Schwarm hinter den Wipfeln der Bäume verschwand. »Folgen wir ihnen?«

Errvyn und Hülsvich stimmten zu, und sie machten sich auf den Weg. Drei der sechs verendeten Vögel nahmen sie als Beweis mit. Trollan glaubte ihnen vielleicht nicht, und das Wort des Sprechers besaß das meiste Gewicht in der Jägerkolonie.

Leichtfüßig wie alle Jäger eilten sie die steinigen Pfade hinab und über das weiche Gras der Ebene zurück in den Wald. Sie folgten den zugewachsenen, nur den Jägern der Siedlung Tank bekannten Schleichpfaden und verschmolzen mit dem Halbdunkel der grünen Landschaft. Eine halbe Stunde entfernt lag Tank, die Siedlung mit dem merkwürdigen Namen, unter dem sich keiner etwas vorstellen konnte. Die Überlieferung besagte, daß sie diesen Namen von einem der ersten Helfer des Propheten erhalten hatte. Der Name Tank gehörte zur Siedlung und zu diesem Teil des Waldes wie alles andere auch.

Zwei weitere tote Morus-Vögel fanden sie, die in ihrer Nähe durch die Wipfel geschlagen waren und im weichen Moos lagen. Nachts würden sich die kleinen Raubkatzen um die Kadaver kümmern.

In der Nähe der hundertjährigen Lichtung hörten sie zum ersten Mal die Trommeln. Die Siedlung sprach zum Wald und allen Menschen, die in ihm wohnten. Dem Rhythmus nach handelte es sich bei dem Trommler um Trollan.

Aufmerksam lauschten sie der Botschaft mit ihren kurzen und langen Schlagkombinationen.

»Alle Jäger und Angler sollen sofort zurückkehren. Es hat sich etwas von Bedeutung ereignet.«

»Vielleicht ist dicht vor seinen Füßen einer der Vögel herabgefallen«, überlegte Hülsvich. »Aber warum trommelt er so lange? Muß das wirklich jeder im Wald wissen?«

»Vielleicht.« Ostraer versank in Nachdenken. »Wenn es sich um eine Seuche handelt, dann haben wir keine Chance mehr, ins Dorf zurückzukehren. Man wird uns verjagen und auf uns schießen.«

Schweigend und mit verschlossenen Mienen eilten sie weiter. Trollan wiederholte seine Sendung mehrmals, bis die ersten Antworten benachbarter Siedlungen wie Kuhle und Trog eintrafen. Als die Botschaften endlich verstummten, lag das Ziel vor ihnen. Die langen und in das Gebüsch geduckten Holzhäuser von Tank tauchten vor ihnen auf, wuchtige Schatten in dem verschlungenen Gewirr des Dickichts. Auf Tank stieß man erst, wenn man gegen die Pfähle rannte, auf denen die Plattformen mit den Häusern ruhten.

Ostraer stieß einen Ruf aus, jemand antwortete. Zwei Männer und eine Frau gerieten in Sichtweite, und der Jäger informierte sie, was los war. Sie berichteten es Trollan, und dieser schickte sie zu dem Platz oberhalb der duftenden Haine.

Fischer vom Laondha hielten sich dort auf. Sie scharten sich um zwei Raubkatzen und mehrere Flugfische. Die Jäger erkannten sofort, daß die Fische und die Katzen dieselben Verletzungen aufwiesen wie die Vögel. Die Raubkatzen waren ebenso wie die Fische mit dem Fluß gekommen und angeschwemmt worden. Stumm legten die drei Jäger die Vögel dazu und traten von der Ansammlung der Kadaver zurück.

Wenig später rief eine Stimme sie zur Waschung. Sie mußten in einen bereitgestellten Bottich mit ätzender Lauge steigen und anschließend in einen ähnlichen Behälter mit kaltem Wasser tauchen. Trollan erschien und teilte ihnen mit, daß damit alles Wesentliche zu ihrer Entseuchung getan sei.

»Von zwei Siedlungen flußaufwärts sind Läufer eingetroffen. Dort hat man ähnliche Beobachtungen gemacht. Fische, Vögel und Tiere sind betroffen. Alle sind sie dem Felsengebirge oder seinem unmittelbaren Umland zuzuordnen. Die Wentro-Raubkatzen jagen in den Quellgebieten des Laondha. Daß das Wasser sie bis hierher getragen hat, grenzt an ein Wunder. Eine Warnung des Himmels vielleicht.«

Ostraer trat zurück und machte den Frauen Platz, die einen Holzstoß um die Kadaver errichteten und diese für die Verbrennung vorbereiteten. »Die Vögel werden am Abend zurückfliegen, und morgen werden sie wiederkommen. Wenigstens die, die übrig sind. Wie aber sollen wir uns verhalten?«

»Der Wind weht vom Felsengebirge her. Er ist heiß und feucht. Die Schwüle nimmt immer mehr zu. Hier im Schutz des Waldes nehmen wir es nicht so deutlich wahr wie die, die durch die Ebenen streifen. Wir stellen eine Wache auf die Felsen.«

Trollan wartete ab, bis die Kadaver brannten und alle Bewohner in die Siedlung zurückgekehrt waren. Er teilte die Wachen ein, und sie bezogen jeweils für zwei Stunden Posten draußen auf den Felsen in der Ebene, wo die Sonne unbarmherzig herabbrannte und die feuchte, heiße Luft ihre Atemwege austrocknete und die Aufmerksamkeit und Reaktionsschnelligkeit rasch auf ein Minimum sinken ließ. Der Sprecher der Siedlung setzte sich erneut an seine Trommel und ließ die Stöcke spielen. Seine Botschaft machte die Runde durch den gesamten Wald, und als sie aus den Ansiedlungen flußaufwärts nach Tank zurückkehrte, da wußten die Bewohner, daß ihre Warnung alle erreicht hatte.

Etwas kam auf sie zu. Sie spürten es deutlich. Selbst im Schutz des Blätterdachs und des Dickichts drückte die Luft, fiel das Atmen immer schwerer. Am frühen Nachmittag faßte der Ältestenrat den Entschluß, Tank zu räumen und sich in die Höhlen an der Bastion zurückzuziehen.

Noch ahnte niemand, daß diese Entscheidung vielen von ihnen das Leben rettete, die normalerweise auf der Jagd, beim Fischen am Fluß oder in der Ebene bei den

Feldern geweilt hätten. Die Bewohner der Siedlung stellten für diesen Tag alle Arbeiten ein.

Ostraer machte sich auf den Weg zu den Felsen. Er löste Gavender ab und richtete es sich zwischen den Steinblökken möglichst bequem ein. Durch eine Ritze hindurch musterte er den Horizont. Bis zum Abend war es noch weit, und der Rückflug der Morus-Vögel setzte erst kurz vor Sonnenuntergang ein.

Nach kurzer Zeit begannen dem Jäger die Augen zu brennen. Er rückte weiter in den Spalt hinein und musterte den fernen Horizont über der Ebene. Langsam dunkelte er ab, viel zu früh, wie Ostraer wußte. Er verließ die Deckung des Schattens und stellte sich vor die Felsen. Er brauchte nicht lange hinzusehen, um festzustellen, daß sich dort eine dunkle Wolke zusammenbraute, schwarz und rot in einem. Von einem Gewitter stammte sie nicht, solche Ballungen kannte er.

Dort kam etwas anderes. Etwas Fremdes und Bedrohliches.

Etwas, das nicht nur den Vögeln und Fischen gefährlich werden konnte. So schnell es ging, verließ Ostraer die Felsen. Er rannte auf den Saum des Waldes zu und an ihm entlang in Richtung der Höhlen an der Bastion. Sie lag weiter flußabwärts, und er hatte ein Stück der Ebene vor sich und daran anschließend den Wald. Wäre er zuerst nach Tank geeilt, hätte er einen Umweg gemacht, der gut der Strecke von den Felsen bis zur Siedlung entsprach.

Immer wieder legte er eine kleine Verschnaufpause ein. Das Gewölk am Horizont zog hoch am Himmel empor, näherte sich mit unvorstellbarer Geschwindigkeit. Ostraer erreichte den Rand der Ebene und bog um eine Waldzunge.

Wie angewurzelt blieb er stehen. Über seine Lippen kam ein heiserer Schrei. Hinter sich wußte er die drohende Gefahr, und vor ihm ragte die furchtbare Gestalt eines der riesigen Vögel auf, wie er sie selbst nur in großer Höhe gesehen hatte. Ihre wirkliche Gestalt kannte er bisher lediglich aus den Erzählungen von nicht seßhaften Wanderern zwischen den Welten des Waldes und der Städte.

Innerhalb eines Atemzugs begriff der Jäger, daß ihm ein schwerer Kampf bevorstand.

Denn die *anderen* gehörten nicht zu ihnen und ihrer Welt. Sie waren Feinde!

Bei dem silbernen Vogel entstand ein Geräusch, eine Mischung aus dem Krächzen eines Waldvogels und dem Schaben zweier Steine aneinander. Ostraer warf sich zu Boden und zog den kleinen Schußbogen aus dem Gürtel. Der Bolzen saß, ein schmales, rundes Holzstück mit einem Steinsplitter an der Spitze. Er spannte den Bogen und brachte die Waffe in Position. Eine Bewegung drüben vor der dunklen Öffnung – das mußte der Feind sein. Vergessen war die Bedrohung hinter seinem Rücken, das Verderben, das den Himmel entlangkroch und sich mit dem auffrischenden Wind näherte.

Etwas spiegelte, ein schemenhaftes Gebilde, das sich am Leib des künstlichen Vogels entlangbewegte.

Ostraer schoß. Er hörte das leise Sirren des Bolzens und dann ein Klirren, als die Steinspitze an der silbernen Hülle des Vogels zersprang. Der Schemen verschwand im Gras und unter dem Rumpf, suchte Deckung hinter der Säule, auf der die Nase des Vogels ruhte.

Der Jäger fluchte lautlos. Er rührte sich nicht und hoffte nur, daß der *andere* seine Position nicht ausgemacht hatte.

Ein Lichtblitz blendete ihn. Dicht neben ihm raste eine Feuerlohe durch das Gras und entzündete die Halme. Noch immer rührte er sich nicht, Ostraer ließ die Flammen züngeln. An seiner rechten Seite wurde es warm, doch nicht gefährlich.

»Komm raus, wenn dir dein Leben lieb ist.« Der Klang der Stimme irritierte ihn. Verwundert legte er den Kopf zur Seite. Ein zweiter Strahl raste an ihm vorbei, diesmal auf der anderen Seite. Ihm blieb keine andere Wahl. Langsam erhob er sich und warf den Schußbogen weg.

»So ist gut. Und jetzt komm her. Bring deine Waffe mit. Beeil dich.«

Verwirrt bückte er sich und nahm sein Jagdgerät auf. Er schob es in den Gürtel zurück und setzte sich in Bewegung. Dann stockte er und trat entschlossen das entstandene Feuer aus.

Der Schemen drüben löste sich aus der Deckung und trat ins Licht. Eine Frau! Bei allen Waldgeistern, der Feind war eine Frau. Jetzt konnte geschehen, was geschehen wollte. Gegen eine Frau kämpfte er nicht. Eher tötete er sich selbst.

Sie war groß, fast so groß wie er selbst. Ihr Gesicht glänzte samten, und die schwarzen Haare fielen ihr in langen Wellen über die Schultern. In einen glänzenden, eng anliegenden Anzug gehüllt, schritt sie auf ihn zu. Das winzige Ding in ihrer rechten Hand mußte die Energieschleuder sein. Sie hob den Arm mit der Waffe und deutete an ihm vorbei gegen den Himmel.

»Ich bin Syrana aus Kryfaltar«, sagte sie. Er verstand jedes Wort. Die Färbung der Aussprache variierte bei manchen Worten und ebenso die Betonung. Aber die Sprache war mit seiner eigenen identisch. »Hilf mir. Nicht mehr lange, und wir haben keine Chance mehr. Wir müssen in den Wald, möglichst tief und dicht. Er ist unsere einzige Chance. Komm her. Wir müssen das Funkgerät und die Batterie tragen.«

»Nenne mich Ostraer, Vogelfliegerin. Man hat mich gelehrt, dein Feind zu sein. Ich gehöre zu den Jägern von Tank. Was bedeutet diese Wolke am Himmel?«

»Sie vernichtet alles, Ostraer. Jedes Leben, jeden Baum, jedes Haus, einfach alles. Wenn der Wald nicht dicht genug ist, sind wir in einer halben Stunde nicht mehr am Leben.«

Der Jäger drängte alles zur Seite, was er über die Feindschaft zwischen den Städten und den Siedlungen wußte. Er streckte ihr zum Zeichen seiner Friedfertigkeit die Handflächen entgegen.

»Ich helfe dir.«

Sie steckte ihre Waffe weg und deutete auf den Ausstieg. Dort standen zwei kleine Kisten aus Metall. Gemeinsam hoben sie beide an. Ostraer hatte noch nie so schwere Kisten von so kleinen Ausmaßen getragen. Sie mußten sich beeilen, wenn sie nicht vor Erschöpfung aufgeben wollten.

»Komm, Vogelfrau.«

Er riß ihr die schwerere der beiden Kisten aus der Hand und rannte davon. Sie stutzte kurz, dann folgte sie ihm wortlos mit dem zweiten Behälter. Daß sie ihm ohne Fragen oder Widersprüche die Führung überließ, hatte er nicht erwartet; es führte ihm vor Augen, daß sie sich in ihrem an die Situation angepaßten Verhalten nicht merklich von ihm unterschied.

Zweifellos war sie eine Jägerin, wahrscheinlich auch eine Kämpferin. Am Waldsaum legten sie eine kurze Verschnaufpause ein. Die Wand hinter ihnen ragte bereits bis in die Hälfte des Himmels hinauf. Vögel, die ein wenig verfrüht das Waldland verließen und sich auf den Rückweg zum Felsengebirge machten, kehrten ängstlich tschilpend zurück, und ihr Krächzen mischte sich in das Rauschen des Windes.

Dem Jäger und seiner Begleiterin tropfte der Schweiß aus dem Gesicht. Beide setzten für einen Augenblick ihre Kiste ab und wischten die Gesichter mit den Handflächen ab.

»In den Morgenstunden erhielt ich ein paar Funksprüche von verirrten Aufklärern. Weißt du, was Funk ist, Ostraer?« Er schüttelte den Kopf. Sie lachte. »Macht nichts. Das Verderben steigt aus dem Felsengebirge auf und vernichtet alles Leben und alle Substanzen – außer den Felsen. Zwei Stränge haben sich gebildet. Einer hat in der vergangenen Nacht mehrere Städte und die gesamte Landschaft vernichtet, der andere zieht an der Küste entlang und nähert sich dem Waldland. Wir brauchen Felsen, verstehst du? Dicke Felsmassive, unter denen wir uns verstecken können.«

»Wir sind dorthin unterwegs. Die Bewohner unserer Siedlung haben sic in die Höhlen an der Bastion zurückgezogen. Komm!«

Sie nahmen die Kisten wieder auf und rannten in den Wald hinein. Hinter ihnen brandete heißer Sturm auf, der die Wipfel schüttelte und die Flüchtlinge bald einholte. Es wurde heißer, als stünde das Firmament in Flammen.

Ostraer kannte jeden Weg und jeden Pfad. Seine Ortskenntnis bewahrte sie davor, im Dickicht des Unterholzes herumzuirren und nach den aufragenden Zinnen der Bastion zu suchen. Sie überquerten eine Lichtung und sahen, daß sich die riesigen Ballungen am Himmel endgültig bis dicht an das Waldland geschoben hatten. Es konnte nicht mehr lange dauern, bis sie den Metallvogel erreichten und ihn ebenso vernichteten wie alles andere.

Es wurde finster. Das namenlose Verderben hatte sich vor die Sonne geschoben und schluckte deren Licht fast vollständig. Ostraer deutete rechts hinüber, wo sich zwischen zwei hohen Bäumen die Schatten dunkler Felsen abzeichneten. Es ging in einen schmalen Felseinschnitt hinein und abwärts eine enge Schlucht entlang. Zehn Minuten hasteten sie dicht hintereinander über glitschigen Boden, wobei der barfuß gehende Jäger weniger Probleme hatte als die Frau in ihren Schuhen. Dann öffnete sich die Schlucht zu einem Talkessel, eingefaßt von über zehn Meter hohen Wänden. Der Wald wuchs bis dicht an die Steilkante, und manche Bäume ragten ins Bodenlose hinein. Dort oben war der Himmel noch blau. Das Licht Talfors drang ungehindert durch. Nichts außer der erhitzten und feuchten Luft deutete darauf hin, daß etwas anders war als gewohnt.

Hinter ein paar Felsblöcken auf der gegenüberliegenden Seite des Kessels begann ein Stollen. Mehrere Talglichter brannten und wiesen ihnen den Weg ins Innere des Felsmassivs.

»Die Höhlen beginnen hinter der ersten Grotte, Vogelfrau. Fürchte dich nicht. Es wird dunkel sein, und du siehst überall die Schatten von Geistern. Man sagt, daß unsere Vorfahren zu Zeiten des Propheten die Höhlen anlegten aus Angst vor einem Angriff der Städte.«

»Das muß zu der Zeit gewesen sein, als zwei Regenten gegeneinander kämpften. Es ist viele Jahrhunderte her. Nie wäre es jemandem in den Städten eingefallen, Krieg gegen euch zu führen. Man ging euch aus dem Weg und bedauerte die Menschen und deren Nachkommen, die dem wahnsinnigen Propheten folgten und ein Leben in der kargen Natur der Zivilisation der Städte vorzogen.«

»Kein Krieg? Das kann ich nicht glauben.«

»Es gibt Beweise. Doch das hat heute keine Bedeutung, Ostraer. Der gesamte Planet ist bedroht.«

In engen Windungen ging es in die Tiefe. Der Stollen mündete in einer geräumigen Kammer, und hier erwarteten sie zwei Wächter. »Errvyn und Hülsvich«, stellte Ostraer sie vor. »Und das ist eine Vogelfrau.« Der Mann namens Errvyn streckte abwehrend beide Arme aus.

»Hinweg mit ihr! Jagt sie fort! Sie ist eine Unreine. Wir stecken uns an, wenn wir sie berühren. Töte sie, Ostraer. Wir verscharren sie draußen, wenn uns noch die Zeit dazu bleibt.«

Etwas Seltsames und Unverständliches geschah. Der Mann Hülsvich hob blitzschnell einen Stein auf und warf ihn in die Luft, bis fast an die Decke der Kammer. Der Stein traf Errvyn genau von oben auf den Kopf und ließ ihn bewußtlos zusammenbrechen.

»Keine Fragen jetzt«, sagte Hülsvich schnell, an Ostraer gewandt. »Folgt mir. Wir haben den Auftrag, das Tor zu schließen, sobald du zurückgekehrt bist.«

»Es bedeutet, daß der Stollen zugeschüttet wird«, wandte sich Ostraer an seine Begleiterin. Sie warteten, bis Hülsvich den Bewußtlosen genommen hatte und ihnen vorausging. Am Beginn einer Treppe gab es mehrere Vorrichtungen aus Holz. Der Jäger löste den Mechanismus aus. Ein Grollen drang von oben an ihre Ohren. Eine Staubwolke bildete sich, die sie mit Hilfe eines runden Steins aussperrten, den sie rasch vor den Zugang zur Treppe wälzten. Dann stiegen sie hinab in die Höhlen. Am Eingang setzten sie die beiden Behälter ab. Hülsvich übergab den Bewußtlosen an die Frauen mit der Erklärung, daß er von einem herabfallenden Stein getroffen worden war. Dann wandte er sich an die Anwesenden.

»Ostraer ist zurückgekehrt, und er wird uns berichten, was er gesehen hat. In seiner Begleitung befindet sich eine Fremde. Sie kommt nicht als Feind zu uns, sondern als Helferin. Sie ist ebenso wie wir in Not geraten.«

»Woher weiß er...«, murmelte Ostraer, aber die Vogelfrau brachte ihn mit einem leichten Stoß ihres Ellenbogens zum Schweigen. Er warf ihr einen verwunderten Blick zu, und sie schüttelte fast unmerklich den Kopf.

Trollan trat vor sie. Für die beiden Jäger hatte er keinen Blick. Unaufhörlich starrte er die Frau in ihrem glänzenden Anzug an. »Eine Städterin, wahrhaftig. Eine stolze Gefangene habt ihr da gemacht. Was geschieht draußen?«

Zu aller Erstaunen antwortete nicht Ostraer, sondern die fremde Frau.

»Draußen findet soeben die Vernichtung der Oberfläche des Planeten statt«, verkündete sie. »Mehrere Städte mitsamt ihren Bewohnern sind dem Verderben bereits zum Opfer gefallen. Auch die Pflanzen und Tiere werden nicht verschont. Es bleibt rote Flüssigkeit zurück, die vermutlich eintrocknet oder versickert. Nur Felsgestein scheint nicht betroffen zu sein. Noch weiß niemand, was es ist. Hoffen wir, daß wenigstens ihr hier in den Kavernen eine Chance habt.«

Mehrere hundert Menschen drängten sich in den Höhlen. Die Kunde von der Ankunft einer Frau aus den Städten machte schnell die Runde. Überall erklangen Rufe, und sie zeugten nicht gerade von Freundlichkeit.

»Was wollt ihr eigentlich?« Syrana wandte sich an Trollan. »Hat jemals einer aus der Stadt einem von euch ein Leid getan?«

»Was Tank angeht, so kann ich dies guten Gewissens verneinen. Wir wissen jedoch von der ewigen Feindschaft zwischen euch und uns. Unsere Überlieferung besagt, daß es im Fall einer Begegnung automatisch zu einer Auseinandersetzung kommt. Sieh dich um. Für alle diese Jäger, Frauen und Kinder bin ich verantwortlich. Ich dulde nicht, daß du dich an ihnen vergreifst und ihnen ein Leid tust.«

»Ich habe nicht die Absicht, einem von euch auch nur ein Haar zu krümmen. Die Überlieferung ist Unsinn, Dummheit. Es gibt keine Feindschaft. Wir verstehen nicht, wieso ihr unbedingt in der Wildnis leben wollt, und ihr begreift nicht, warum wir in hochtechnisierten Städten wie in Gefängnissen hausen. In Sachen Friedfertigkeit gibt es mit Sicherheit keine bedeutsamen Unterschiede zwischen euch und uns.«

»Das wird sich herausstellen.« Der Sprecher wandte sich an Ostraer. »Wieso hast du sie nicht verjagt?«

»Ich habe auf sie geschossen, sie aber verfehlt. Sie hingegen hat nur gedroht, mir aber keinen Schaden zugefügt. Ihr Metallvogel ruht draußen in der Ebene.«

»Sie hat auf dich gewartet, damit du ihr den Weg in unser Versteck zeigst. Sie ist als Spionin gekommen, um unsere Schlagkraft zu erkunden.«

»Sie ist vor dem herannahenden Verderben geflohen, ebenso wie ich, Trollan.«

Der Sprecher ließ sich einen großen Kienspan kommen und entzündete ihn. Er leuchtete der Frau ins Gesicht, und der Rauch begann in ihren Augen zu beißen. Sie blinzelte und wischte sich das Wasser aus den Augenwinkeln.

»Sie soll sich ausziehen, damit wir prüfen, ob sie überhaupt ein Mensch ist«, verlangte jemand im Hintergrund. »Macht die Messerprobe.«

Eine Gruppe von Männern rückte bedrohlich näher und zückte ihre Waffen. Es handelte sich ausnahmslos um Holzschäfte mit scharfen Steinsplittern.

»Sie ist eine Frau. Laßt sie in Ruhe«, beharrte Ostraer. Trollan mahnte ihn, sich herauszuhalten. Als ihr Retter sei er voreingenommen und nicht berechtigt, eine Entscheidung für das Gemeinwohl mitzubestimmen.

»Wenn ihr den Wahrheitsgehalt meiner Worte nachprüfen wollt, dann tut es. Geht hinauf an die Oberfläche und seht euch die Vernichtung an, die den ganzen Planeten überzieht. In wenigen Tagen wird es keine Städte mehr geben, die euch angreifen können. Und es werden keine Waldbewohner mehr existieren, die man angreifen könnte. Ihr befindet euch in einem gefährlichen Irrglauben.«

»Wir werden darüber beraten.«

Trollan und ein Teil der Männer zog sich zurück. Ein paar Männer sowie die Frauen und Kinder blieben zurück. Sie alle hielten einen deutlichen Sicherheitsabstand zu ihr ein. Unverwandt starrten sie die Frau aus Kryfaltar an.

Syrana ließ es sich eine Weile gefallen. Dann wandte sie sich ab und richtete ihre Aufmerksamkeit auf die Höhlen. Im Licht der wenigen Kerzen und Späne erkannte sie nur einen Teil der Wölbungen und Gänge. Kein Zweifel bestand, daß es sich um ein natürliches Labyrinth handelte, vermutlich einst von den Jägern und Sammlern entdeckt und dann teilweise künstlich vergrößert und als Zuflucht ausgebaut. Daß es trotz des zugeschütteten Stollens irgendwo Öffnungen gab, zeigten die im Luftzug schaukelnden Lichter.

Ostraer setzte sich in ihre Nähe.

»Meine Stimme besitzt keine Bedeutung mehr, Vogelfrau. Du bist eine Kämpferin, eine Kriegerin. Warum bist du gekommen?«

Sie berichtete ihm von ihrem gemeinsamen Kampf in der Nacht gegen das rote Verderben. Sie sprach laut, damit alle in der Nähe es hörten. In allen Details, soweit sie für die Waldmenschen verständlich schienen, berichtete sie von den Manövern über der Stadt und ihre Niederlage gegen Milliarden dieser tödlichen Blasen. So gut sie es vermochte, ohne von der Erinnerung der Nacht überwältigt zu werden, beschrieb sie die Vernichtung und die Flucht. Angesichts der Aussichtslosigkeit der Bemühungen hatte es keine andere Möglichkeit gegeben. Da ihrer Maschine als erster der Treibstoff ausgegangen war, hatte sie landen müssen. In der Nähe des Flusses war es niedergegangen, und sie hatte keine andere Wahl gehabt, als die Maschine zu verlassen und in den Schutz des Waldes zu flüchten.

»In eurem Sinn bin ich keine Kämpferin, schon gar keine Kriegerin. Noch nie habe ich auf Menschen geschossen oder gar Wild erlegt. Alles, was ich kann, ist, mit den Flugzeugen umzugehen, die ihr als metallene Vögel bezeichnet. Jetzt entscheidet, ob ihr mich als Gast und Flüchtling aufnehmt, oder ob ihr mich in den Tod hinaustreibt.«

Alles blieb still. Niemand gab ihr eine Antwort. Nur ein vereinzeltes Räuspern war zu hören. Die meisten saßen und standen reglos da, Schatten im Halbdunkel, Tropfsteine, die aus dem Boden gewachsen waren. Eine einzige Bewegung gewahrte sie, das war alles.

Ostraer blies die Luft zwischen den Zähnen hindurch und veränderte unmerklich sein Gleichgewicht. Aus den Augenwinkeln heraus nahm sie wahr, wie seine rechte Hand langsam zum Gürtel glitt, zu seiner Waffe. Seine Muskeln spannten sich an, und seine Augen wurden zu schmalen Schlitzen. Syrana wußte nicht, daß dieses Verhalten auf ausgeprägten Jagdinstinkten beruhte und den

Waldmenschen seit vielen Generationen in Fleisch und Blut übergegangen war.

Wieder gab es irgendwo drüben im Halbdunkel eine Bewegung. Ihre Augen, die an künstliches Licht besser gewohnt waren als an das stetige Wechselspiel zwischen kleinen Fackeln und hin und her tanzenden Schatten, vermochten noch immer nicht genau festzustellen, was geschah. Für einen winzigen Augenblick sah sie etwas aufblitzen. Ein leises Zischen erklang, das ihr bekannt vorkam. Ein Bolzen mit der Steinklinge daran verließ den Schaft einer Waffe und raste auf sein Ziel zu. Ostraer schnellte empor, doch gleichzeitig tauchte ein riesiger Schatten neben ihr auf und warf sich in die Schußbahn. Jetzt endlich reagierte Syrana und ließ sich nach hinten fallen. Doch da war alles schon vorbei.

Ostraer warf sich an ihr vorbei und verschwand im Halbdunkel. Ein dumpfer Laut war zu hören, dann herrschte wieder Stille.

»Er hat kein Recht, der Entscheidung der Beratung vorzugreifen«, hörte sie Ostraer sagen. »Er wird sich verantworten müssen. Noch heute.«

Syrana kümmerte sich um den Körper, der neben ihr lag. Es war Hülsvich. Wie es ihm gelungen war, das Attentat zu vereiteln, begriff sie nicht. Sie sah fassungslos zu, wie er sich langsam aufrichtete, an seine Brust griff und sich zu ihr umwandte. Er grinste flüchtig und zog den Bolzen mit der zersplitterten Steinspitze aus der Haut. Ein kleiner Riß blieb übrig, bei dessen Anblick Syrana schmale Augen bekam. Langsam verstand sie.

Hülsvich gehörte nicht wirklich zu den Waldlingen. Seine Wunde blutete nicht, also war er kein Mensch. Er zählte zu jenen Androiden, die abwechselnd und seit Generationen in den Siedlungen der Waldmenschen lebten und darüber wachten, daß es zu keinen unüberlegten Angriffen auf die Städte kam. Daneben erfüllten sie eine Reihe anderer Aufgaben, die die Menschen unmittelbar betrafen, die damals im Gefolge des wahnsinnigen Propheten aus den ersten Städten in die Wälder gezogen waren, um dort zu leben, wie es ihre Vorfahren in der Frühzeit ihres Mutterplaneten Erde getan hatten.

Die ersten Jäger merkten, daß etwas nicht mit rechten Dingen vor sich ging. Sie rückten näher, umrundeten Hülsvich und stießen ihn zur Seite. Er ließ es erstaunlicherweise geschehen. Nichts deutete darauf hin, daß er wesentlich größere Körperkräfte besaß als die meisten Jäger zusammen. Diese entdeckten den winzigen Schnitt auf seiner blanken Brust.

»Er blutet nicht!«

Wie ein Lauffeuer machten die Worte die Runde. Die Männer wichen langsam zurück, andere näherten sich. Mehrere stürzten sich auf den Androiden, aber gleißende Energiestrahlen fauchten aus dessen Finger und warfen sie zurück. Sie prallten rücklings auf den Boden und blieben reglos liegen. Hülsvich richtete sich auf. Die anderen wichen vor ihm zurück und brachten sich in Sicherheit. Kinder begannen zu weinen, Mütter schimpften.

»Seht her, ihr Verbohrten«, donnerte die Stimme des Androiden durch die Höhle. »Dieser heimtückische Kerl hat es nicht geschafft, die Vogelfliegerin oder mich zu töten. Seine Steinklinge prallte wirkungslos an mir ab. Mir dagegen fällt es leicht, euch alle mit einer einzigen Handbewegung zu vernichten. Niemand greift Hülsvich ungestraft an!«

»Dann fälle das Urteil, vollstrecke die Strafe«, verlangte Ostraer. »Wir haben gegen unsere eigenen, ungeschriebenen Gesetze verstoßen. Niemand wird es dir übelnehmen, wenn du dich selbst zum Richter ernennst. Doch überleg zuvor, was es dir bringt.«

»Es bringt mir für drei Jahre Fleisch. Nahrung für Syrana, nicht für mich. Mein Blut ist synthetisches Öl. Meine Gelenke funktionieren mit Hilfe von Hochleistungsmotoren. Mein Kopf besitzt eine doppelte Panzerung. In seinem Innern ist mein menschliches Gehirn um ein Vielfaches besser geschützt als unter herkömmlichen Knochenplatten. Meine Reaktionsschnelligkeit liegt weit über der von euch allen. Ich sehe schärfer, rieche besser, denke schneller. In fast jeder Beziehung bin ich euch überlegen. Fragt euch, warum ich euch nicht alle vernichte. Wozu? Alle, die schuldig geworden sind, liegen hier vor mir. Sie sind bewußtlos und werden binnen einer Stunde erwachen. Mehr ist nicht nötig. Alles weitere wird die Gemeinschaft für mich tun. Meine Aufgabe ist es, über euch zu wachen und euch zu helfen, nicht euch zu vernichten. Genügt euch das als Antwort?«

»Ja.« Ostraer erwiderte es mit fester Stimme. Mit den Händen schob er ein paar Menschen zur Seite und verhinderte, daß es zu einem erneuten Angriff kam oder die Bewußtlosen heimlich zur Seite geschafft wurden. Er rief mehrere Frauen zu sich und trug ihnen auf, etwas zu essen herbeizuschaffen. Hülsvich testete den Brei aus Gräsern und Pilzen und das Wasser auf ihre Verträglichkeit, bevor er Syrana den Napf hinschob.

In der Nacht zuvor war alles so schnell gegangen. Außer ein paar Wassertabletten hatte sie nichts zu sich genommen. Dankbar schlang sie den Brei hinab. Er schmeckte scheußlich; sie mußte rülpsen und sich zwingen, das grünbraune Zeug bei sich zu behalten. Hastig spülte sie mit Wasser ihren Gaumen aus. Noch nie in ihrem Leben hatte sie so etwas Fürchterliches zu sich genommen. Ihr Magen rebellierte, beruhigte sich jedoch nach kurzer Zeit. Wider Erwarten wurden ihre Verdauungssäfte mit dem Zeug fertig.

Syrana spürte, wie der Schlaf sie zu überwältigen versuchte. Tapfer widerstand sie, aber nach einer Weile nickte sie doch ein. Das letzte, was sie bewußt wahrnahm, war die beruhigende Geste Hülsvichs, der neben ihr Aufstellung nahm und über sie wachte. Dann fiel die Frau aus Kryfaltar in einen tiefen Schlaf.

5.

»He, Vores. Mach voran. Los, los! Wir haben höchstens noch ein paar Minuten Zeit.«

Der Sprecher war zwischen den vielen abgestellten Fahrzeugen nicht zu sehen. Jemand antwortete mit einem unverständlichen Murmeln. Türen quietschten, irgendwo sprang ein Triebwerk an.

Jimm sah Gruppen von Menschen, die alle einem gemeinsamen Ziel zustrebten. Sie führten ein bißchen Handgepäck mit sich, als wollten sie zum Baden ans Meer. Andere trugen kleine Kassetten unter dem Arm, wie man sie zur Aufbewahrung von Wertsachen benutzte. Die meisten sprachen kein Wort, aber ihre Blicke suchten den Himmel ab. Talfors Licht drang kaum noch durch das Netz und hüllte die Weststadt in anhaltendes Halbdunkel. Angenehme Kühle hielt sich zwischen den Gebäuden, während es droben über dem Netz schwül und heiß war.

Wieder klang eine Stimme auf und trieb die Menschen zur Eile an.

»Es kann nicht mehr lange dauern. He, Kerl. Was stehst du herum? Steig endlich ein und verschwinde, bevor einer kommt und dir das Vehikel wegschnappt. Hast du keine Familie?«

Am Heck des Gyro-Cabs tauchte ein Kopf auf, umrahmt von wildem Blondhaar. Er gehörte zu einem Mann mittleren Alters, der sich an diesem Tag offenbar weder gewaschen noch gekämmt hatte. Er fuchtelte mit den Armen, und Jimm faßte unwillkürlich an den Gürtel, wo der kleine Handstrahler hing. Der andere hob die Arme und streckte ihm die Handflächen entgegen.

»Keine Angst, Kleiner. Ich sehe schon, du gehörst zu den Schutzmännern. Ein ungewohnter Anblick, daß selbst Burschen wie du in der Truppe Dienst tun. Wenn ich dir einen Rat geben darf, dann bring dich in Sicherheit, solange du noch kannst.«

Der Kerl verschwand. Jimm verließ seinen Platz neben dem Einstieg und lugte um das Fahrzeug herum. Der Bovenderner stieg soeben in einen Privatgleiter. Seine Familie hatte bereits Platz genommen. Mit knapp zwanzig Personen war das Fahrzeug heillos überladen, aber niemand schien sich darum zu scheren.

Ich habe meinen Platz am Einstieg, sonst nirgends! schärfte Jimm sich ein. *Ich lasse mich nicht verrückt machen.*

Drei Gleiter starteten, wenig später folgten acht weitere. In geringer Höhe trieben sie über den Straßen entlang, mit eingeschalteten Scheinwerfern und in sicherer Entfernung zu dem Netz, das diesen Teil der Stadt überspannte. Noch immer arbeiteten dort oben Kolonnen von Siegelmeistern und füllten die Lücken des Netzes mit einer dicken Schicht aus Metallpast, während im Osten die Bemühungen um einen Schutz längst aufgegeben worden waren. Die Dunkelheit nahm zu. Immer neue Gruppen näherten sich dem Platz, meistens Familien mit Kindern und Alten. Einige lachten, als sei alles ein Scherz oder eine Übung. Irgendwie gewann Jimm den Eindruck, als nähmen die Menschen die drohende Gefahr nicht ernst.

Eine Viertelstunde verging, eine halbe. Der Gleiterplatz begann sich immer mehr zu leeren, und am Schluß standen außer dem Gyro-Cab nur noch sechs kleinere Dienstfahrzeuge herum. Sie gehörten zu dem Gebäude, in dem Noger Tennessy verschwunden war.

»Jimm!« Plötzlich tauchte der Einsatzleiter zwischen den Säulen der Vorhalle auf. »Steig ein! Schnell!«

Tennessy rannte auf ihn zu und schob ihn vor sich her. Sein Gesicht war kalkweiß, die Hände zitterten. Tennessy kämpfte sichtlich um seine Fassung. Er drückte Forlan in den Pilotensessel und schrie ihn an, er solle endlich starten.

Es war also soweit oder dauerte nicht mehr lange.

»Wohin?« fragte Jimm in das Jaulen des Staustrahltriebwerkes hinein.

»Zum Office. Zur Einsatzleitung. Mach schneller, Junge!«

Vor Jimms Augen begann die Umgebung zu verschwimmen. Obwohl es nicht die gewohnte Tageszeit war, spürte er, wie Schwindel in ihm aufstieg. Er klammerte sich an den Steuerknüppel und steuerte halb blind durch die Straßen und über die Gleitbänder, die nach Süden führten. Auf Anweisung Tennessys schaltete er die Sirene ein und verschaffte sich mit ihrer Hilfe freie Fahrt. In das leise Wimmern mischte sich der laute Jaulton der großen Sirenen, die höchste Gefahr für Bovendern meldeten.

»Eine Stunde höchstens«, murmelte der Einsatzleiter. »Verdammt, Jimm. Flieg schneller! Ich will hier nicht verrecken.« Er kaute auf der Unterlippe, und seine Hände krallten sich in die Armpolster des Sessels.

»Was ist es?«

»Du wirst es sehen. Wir fliegen bis südlich der Cheopis, wo das Netz endet. Beeile dich.« Und nach einer kleinen Pause, in der nur sein hektischer, unregelmäßiger Atem zu hören war, fügte er hinzu: »Kryfaltar ist zerstört bis auf den letzten Fußboden. Ein rotes Meer voller Verwüstung. Von den Bewohnern konnten sich ein paar Dutzend nach Osten retten, mehr nicht. Der Regent und die Dedicateds dort müssen schwere Fehler gemacht haben. Anders kann ich mir es nicht erklären.«

»Und hier? Was ist hier? Ist die Bevölkerung gewarnt?«

»Ja, natürlich. Die Dedicateds sind auf Draht. Alle Bewohner unserer Stadt sind zur Flucht aufgerufen. Die Warnung deines Vaters hat jeden Haushalt erreicht.«

»Mein Vater. Dedicated Forlan.« Etwas wie Stolz erfüllte ihn, aber gleichzeitig überkam ihn auch große Sorge. Er rief das Office und bat um eine Verbindung mit seiner

Familie. Die Antwort eines Officers erleichterte ihn. Seine Familie hatte das Haus verlassen und befand sich mit den beiden Fahrzeugen auf dem Weg nach Anderton. Das lag über tausend Kilometer südöstlich.

Der Klang der Sirenen änderte sich in ein anhaltendes, schrilles Pfeifen. Das Geräusch ließ Noger Tennessy aufspringen.

»Um Himmels willen! Bloß weg hier!« Er riß Jimm aus dem Pilotensessel und übernahm selbst die Steuerung. Mit jaulendem Triebwerk schoß das Gyro-Cab nach oben bis dicht unter das Netz. Dunkelheit kroch über die Stadt; sie rührte nicht von den Siegelmeistern her, die das Netz verschlossen. Etwas anderes schob sich von Westen und Südwesten gegen Bovendern und verdunkelte die Sonne.

Das Gyro-Cab überstand mehrere Beinahe-Zusammenstöße mit Gleitern, die sich den Zugang zu einem der Ausgänge der Stadt erzwingen wollten. Nach oben gab es keinen Ausweg mehr, und nach Westen hin hatten Einsatzkolonnen die Straßen ins Umland versiegelt.

Jimm saß wie betäubt in den Polstern und ließ alles an sich abgleiten. Er wußte nur eins: Der Untergang stand unmittelbar bevor. Tennessys Verhalten ließ keinen anderen Schluß zu.

»Neuigkeiten aus Kryfaltar?« hauchte er. Tennessy nickte grimmig.

»Das Netz bildet keinen Schutz gegen das, was kommt. Wir hätten sofort fliehen sollen, statt unsere Kraft an das Netz zu verschwenden.«

Der Einsatzleiter lenkte das Gyro-Cab direkt auf die Mauer zu, welche die Cheopis umgab. Die Tore waren geschlossen, aber Tennessy kümmerte sich nicht darum. Er hantierte am Funkgerät und gab mehrere Impulsfolgen ein.

»Hört ihr nicht? Hier kommen Tennessy und Forlan!« schrie er. »Macht auf!«

»Flieg weiter. Achte nicht auf die Mauer. Sie ist Illusion!«

»Vater!« rief Jimm. Er hatte die Stimme erkannt. Doch er erhielt keine Antwort.

Statt dessen war das Gyro-Cab plötzlich in goldenes Licht getaucht. Hoch über der Mauer hatte sich eine der Pyramiden geöffnet und entließ eine golden schimmernde Gondel, eingehüllt in ein bläuliches Feld. Sie stieg rasch nach oben, zerfetzte das Netz über der Weststadt und verschwand. Tennessy ließ die Schultern sinken.

»Jetzt ist alles verloren. Der Regent verläßt die Stadt. Er flieht. Er läßt die Dedicateds und alle anderen wichtigen Personen zurück. Dieser Feigling.«

Das Gyro-Cab erreichte die Mauer und stieß gegen sie. Jimm schrie auf. Er war schon hier gewesen und hatte sich mit eigenen Augen überzeugt, daß es sich um eine feste Mauer aus Stahlplast handelte.

Das Fahrzeug glitt jetzt hindurch wie durch Watte. Es kam kurz von seiner Bahn ab, stabilisierte sich aber sofort wieder. Mit hoher Geschwindigkeit raste es auf die Pyramiden zu.

»Dort, siehst du das Licht? Das ist die Einsatzleitung. Dort müssen wir hin.«

»Nein, tun Sie das nicht, Tennessy!« Wieder klang die Stimme auf. Jimm war ganz sicher, daß sein Vater sprach. »Über Ihnen dringen die ersten Blasen in den Bereich der Cheopis ein. Drehen Sie nach rechts ab. Folgen Sie dem Scheinwerfer auf der rechten Seite bis zum Schacht.«

Der Einsatzleiter reagierte geistesgegenwärtig. Mit einem Blick erhaschte er, wie droben in der Lücke, die die Gondel gerissen hatte, rote Tränen hindurchquollen und auf den Boden tropften. Sofort stieg an den Stellen Dampf auf. Den Tränen folgte eine blubbernde Masse, diese begann das Netz zu zersetzen.

»Tränen vom Himmel«, krächzte er. »Das Unheil senkt sich über die Stadt.«

Tennessy handelte jetzt wie eine Maschine. Er fixierte den Strahl, der drunten an der Unterkante der Pyramide entlanghuschte. Als er innehielt, riß Tennessy das Gyro-Cab nach unten und gab Gegenschub. Bockend und schlingernd raste das Fahrzeug abwärts, legte sich nach links und berührte den Boden. Metall berührte Metall und zog eine lange Funkenspur. Zehn Meter hinter dem Lichtstrahl kam das Gyro-Cab endlich zu stehen. Dort, wo sich die Mauer befand, tobte bereits das Unheil. Teile des Netzes fielen herab und klatschten auf die freie Fläche zwischen den Pyramiden.

Tennessy packte Jimm Forlan und stieß ihn ins Freie. Dann riß er ihn mit sich fort auf den dunklen Fleck zu, der sich am Fuß der Pyramide abzeichnete. Hundert Meter schaffte der Einsatzleiter sonst in zwölf Sekunden, für diese zehn Meter brauchte er immerhin drei. Mit den Beinen voran stieß er Jimm in den Schacht und warf sich hinterher. Über ihnen schloß sich bereits die Tür, Finsternis hüllte sie ein. Dicht hintereinander rutschten sie in die Tiefe, und manchmal berührten die Stiefel des Einsatzleiters den Kopf Forlans.

Der Schacht besaß ein Gefälle von mindestens sechzehn Prozent. Das Metall fühlte sich kalt an, und nach einer Weile gesellte sich Feuchtigkeit dazu. Ein heller Fleck tauchte auf, der sich als Mündung entpuppte. Aus zwei Metern Höhe fielen sie auf weiche Kissen. Über ihnen schloß sich der Schacht, und wieder hörten sie die Stimme.

»Vielen Dank, Tennessy, daß Sie meinen Sohn gerettet haben. Hinter den roten Türen finden Sie Schutzanzüge. Sie haben zwei Minuten Zeit, um die Halle zu verlassen. Die Invasion der Blasen zersetzt nahezu alles, was es an Material gibt: Metall, Plastik, Organisches, einfach alles. Die Spitzen der Pyramiden sind bereits in Mitleidenschaft gezogen. Die Stadt versinkt in einem roten Brei. Wer dem Aufruf nicht gefolgt ist, stirbt jetzt.«

»Vater, wo bist du?«

Tennessy versetzte Jimm Forlan einen Stoß und trieb ihn weiter. Er riß die Schränke auf und holte zwei Anzüge heraus. »Los, schnell. Stell keine dummen Fragen!«

Sie schlossen die Helme, aktivierten die Luftversorgung und eilten zum Ausgang. Der Einsatzleiter drückte dem Jungen eine Ersatzflasche mit komprimiertem Sauerstoff in die Hand.

»Ich tue meine Pflicht«, verkündete die Stimme. »Folgt jetzt den Anweisungen des Notprogramms. Es hat sich aktiviert, ohne daß wir von seiner Existenz wußten. Lebt wohl.«

Es war das letzte Mal, daß sie etwas von Dedicated Forlan hörten.

Hinter der Tür empfing sie das rote Halbdunkel eines kleinen Raumes. Die hintere Wand stand offen. Auf einem kleinen Monitor über der Öffnung flirrte ein Schriftband.

»Danger, Danger! Begeben Sie sich in die Kapsel. In achtzig Sekunden wird die Verbindung zur Oberwelt vorläufig unterbrochen. Danger! Begeben Sie sich...«

Wieder war es Tennessy, der die Übersicht behielt und dem Jungen einen Stoß versetzte, der ihn zu der Öffnung taumeln ließ. Kälte und Feuchtigkeit empfingen sie. Die Helmscheiben beschlugen, und sie begannen mit den Handschuhen zu wischen. Sie traten in die Öffnung, und sofort setzte sich die Kapsel in Bewegung und brachte sie nach unten. Über ihnen wälzten sich im Abstand von zehn Metern Steinplatten in den Schacht und verschlossen ihn.

Der Höhenmesser der Anzüge zeigte zuerst dreißig, sechzig und neunzig Meter an, dann hundert, hundertzwanzig und mehr. Mit hohem Tempo raste die Kapsel in die Tiefe und verzögerte kurz nach der Hundertfünfzig-Meter-Marke mit Werten, die ihre Mägen fast am Halszäpfchen anschlagen ließen.

Helles, gelbes Licht empfing sie. Sie taumelten aus der Kapsel in einen ovalen Raum hinein, auf die Gruppe in ähnlichen Schutzanzügen zu, die sie erwarteten.

»Schnell! Beeilt euch!«

Eigentlich wußten sie gar nicht richtig, wie ihnen geschah. Eine Alternative gab es aber nicht für sie. Sie ließen sich mitreißen und stolperten über die Gummimatten eines Verbindungstunnels. Vor ihnen klaffte ein Tor mit grauschwarzen Flügeln und altertümlichen Scharnieren. In seiner gezackten Häßlichkeit mit den Ausfransungen und den Roststellen wirkte es wie der aufgerissene Rachen eines Ungeheuers.

Hastig folgten die beiden Flüchtlinge den Menschen in ihren plumpen Schutzanzügen durch das Tor und eine Rampe hinab. Unten erwarteten sie weitere Retter. Einer bediente eine merkwürdige Apparatur mit langen Hebeln und mehreren Drehrädern. Droben schlossen sich die beiden Torflügel, zusätzlich senkte sich eine metallene Wand nach unten und riegelte den Eingang hermetisch ab.

Und weiter ging die Flucht vor dem Verderben, hinein in einen ganz mit weißem Kunststoff ausgekleideten Gang. Es fehlte die Beleuchtung, dafür flammten mehrere Handscheinwerfer auf.

Und plötzlich hörten sie eine metallisch klingende Stimme.

»Sie haben den unterirdischen Teil der Cheopis verlassen und befinden sich im Bereich des Übergangs. Erschrecken Sie nicht, wenn alles um Sie herum zu beben beginnt. Oberhalb der Torflügel wird gerade eine Sprengladung gezündet. Sie füllt den Raum vor dem Tor mit Geröll und bildet eine zusätzliche Abschirmung.«

»Das Gestein!« stöhnte Noger Tennessy. »Es isoliert. Jimm, es gibt ein Gerücht, wonach Flieger von Kryfaltar etwas in dieser Richtung herausgefunden haben. Wenn das Verderben wirklich aus dem Felsengebirge stammt, dann kann es natürlich gewachsenem Gestein nichts anhaben.«

»Sie haben vermutlich recht«, kommentierte die Metallstimme. »Wir wissen es nicht genau, kennen aber den verstümmelten Funkspruch, auf dem das Gerücht beruht. Wir haben gebeten, daß Flugzeuge aus den Städten südlich des Ozeans aufsteigen und unsere Angaben überprüfen. Doch inzwischen hat der Wind gedreht; weitere Massen der roten Blasen und ihrer riesigen Blüten driften über den Ozean und bedrohen alles Leben auf der anderen Seite. Von der derzeitigen Nachtseite des Planeten aus sind robotische Sammler unterwegs. Sie nehmen Messungen vor, fliegen hinter einem der Heere her, die von dem schwülen Wetter wie von einem Teppich getragen werden. Erste Messungsergebnisse werden an die Raumstationen im Orbit gefunkt und sollen einer ersten Untersuchung dienen.«

Der Boden begann zu zittern. Zwanzig Sekunden etwa dauerte das von der Sprengung ausgelöste Beben, dann hatte sich der Untergrund wieder beruhigt.

»Die Orbitstationen«, fuhr Tennessy fort. »Was ist mit ihnen? Ist Hilfe unterwegs? Schickt das Solare Imperium, dem wir ja rechtlich angehören, eine Evakuierungsflotte?«

»Das ist unbekannt. Denken Sie daran, Captain Tennessy, daß die einzige Hyperfunkantenne des Planeten im Felsengebirge stand. Sie fiel dem roten Verderben als erste zum Opfer. Die Raumschiffe werden von den Regenten blockiert und stehen nicht zur Verfügung. Vermutlich sind sie bereits zum größten Teil der Vernichtung zum Opfer gefallen. Und unsere Orbitstationen verfügen über keine Überlicht-Triebwerke, so daß wir auf das Eintreffen eines Handelsraumers angewiesen sind. Der nächste wird allerdings erst in knapp vier Wochen erwartet. Sie können sich denken, was das bedeutet. Ohne die Möglichkeit, uns bemerkbar zu machen, stehen die Chancen auf schnelle Hilfe schlecht.«

Tennessy stellte die wichtigste Frage überhaupt: »Wer sind Sie? Was hat es mit dem metallischen Klang Ihrer Stimme auf sich?«

»Wir werden uns früh genug begegnen«, lautete die vielsagende Antwort, dann schwieg die Stimme.

Die Gruppe aus über einem Dutzend Menschen erreichte das Ende des Ganges und bog nach rechts in einen beleuchteten, gut zehn Meter breiten und vier Meter hohen Stollen ein. Ein kleiner Mannschaftsbus altertümlicher Konstruktion erwartete sie. Er besaß Felgenräder mit Gummibereifung. Aus einem Rohr am Boden quoll bläuliches Rauchgemisch. Sie zwängten sich in den Wagen. Der Pilot saß vor einem Speichenrad aus Plastik und trat mit dem rechten Fuß eine Art Pedal nach unten. Mit der Hand schob er eine Stange hin und her, begleitet von fürchterlichem Krachen irgendwo unter dem Fußboden. Schließlich setzte sich der Bus ruckelnd in Bewegung, machte einen mächtigen Satz nach vorn und beschleunigte mit jaulendem Motor. Das ganze Gehäuse ächzte, und der Fußboden hing schief. Selbst ein Museumsstück wäre in besserem Zustand gewesen als dieses Vehikel.

Die Fahrt ging durch eine unterirdische Kaverne mit mehreren Stollensystemen und endete an einem Rundbau mit zwei Dutzend Türen. Eine davon stand offen, und sie fuhren in eine kleine Kammer hinein. Das Tor schloß sich, der Motor erstarb mit einem Seufzer; der Pilot schlug mit dem Handschuh auf das Lenkrad und stieß einen Jubelschrei aus.

Der Fußboden senkte sich ab, und die alten, staubbedeckten Wände wanderten langsam nach oben. Schließlich hielt der Aufzug mit einem leichten Ruck an. Wieder öffnete sich eine Tür, und sie starrten hinaus in eine von grünem und violettem Licht erhellte Landschaft.

»Bitte steigen Sie aus«, hörten sie die Stimme des Mannes, der sie oben in Empfang genommen hatte. »Wir sind am Ziel. Weiter hinunter geht es höchstens in dringenden

Notfällen. Wir befinden uns hier hundertfünfzig Meter unter der Oberfläche. Sie können die Helme öffnen und Ihre Anzüge ausziehen. Behalten Sie diese jedoch immer in Ihrer Nähe. Wir können zum jetzigen Zeitpunkt nicht sagen, ob unsere Flucht hier zu Ende ist oder nicht.«

Sie folgten der Anweisung und sahen, daß es sich bei ihren Begleitern um Männer und Frauen handelte. Hinter den dunklen Helmscheiben und in den plumpen Anzügen war das bisher nicht zu erkennen gewesen.

»Noger Tennessy«, stellte sich der Captain vor. »Und das ist mein Adjutant Jimm Forlan.«

»Leob Gardener. Vielleicht haben Sie meinen Namen schon gehört. Bis gestern habe ich als Wissenschaftler im Institut für Plasmabiologie gearbeitet. Der Hilferuf des Dedicateds an mich ist noch keine vierundzwanzig Stunden alt. Willkommen in der Altstadt.«

Jimm Forlan hörte nur mit halbem Ohr hin. Fasziniert betrachtete er die Landschaft voller unbekannter Pflanzen. Langsam setzte er sich in Bewegung und schritt auf den gepflasterten Weg zu, der zwischen Büschen und Ranken entlangführte.

»Das ist fremd«, sagte er zu sich selbst. »Ein Stück Natur, die nicht von diesem Planeten stammt. Wie kommt das alles hierher?«

Gardener winkte seinen Begleitern, und sie folgten ihm.

»Sie hat die Jahrhunderte überdauert und existiert in ihrem ursprünglichen Zustand. Es sind keine genetischen Veränderungen durchgeführt worden. Wie wir aus der altertümlichen Steuerpositronik entnommen haben, handelt es sich hierbei um die Schutzzone der alten Stadt.«

»Die alte Stadt!« Der junge Forlan fuhr herum. »Dann stimmt das, was man sich im Volksmund erzählt. Sie hat tatsächlich in unmittelbarer Nähe Bovenderns existiert. Sogar direkt unter ihr.«

»Bovendern wurde teilweise auf ihr errichtet, zuvor die

Umgebung künstlich aufgeschüttet.« Gardener nickte nachdenklich. »Wir befinden uns hier in Delos, der Stadt, die vom Himmel fiel. Besser gesagt, es sind die Überreste davon, der positronisch geschützte Bereich. Alles andere wurde abgerissen. Man hat die unterirdischen Anlagen Bovenderns an ihre Stelle gebaut und darüber die neue Stadt errichtet. Sehen Sie dort?«

Zwischen dem üppig wuchernden Grün von blühenden Ranken und fruchttragenden Büschen gab es aus Holz gezimmerte Häuschen mit laubenartigen Vorbauten.

»Unsere Unterkünfte für die nächste Zeit. Insgesamt zählen wir achtundzwanzig Personen, Männer und Frauen jeden Alters. Wir alle haben den Ruf eines Dedicateds erhalten, der uns hierher führte und uns auf den Untergang der Stadt vorbereitete.«

»Welcher Dedicated? Kennen Sie seinen Namen?«

Gardener maß Jimm Forlan mit einem skeptischen Blick.

»Natürlich haben Sie einen Grund, das zu fragen. Es war Dedicated Forlan. Da Sie denselben Nachnamen tragen, sind Sie wohl mit ihm verwandt.«

»Er ist mein Vater. Ich habe ihn erst heute morgen noch gesehen. Er hat es also gewußt. Warum hat er mir nichts gesagt?«

»Gewußt hat er nicht mehr als wir auch. Doch er verfügte über die Kenntnis des Schachts, der sich unmittelbar unter der Pyramide der Dedicateds befindet und hier unten in Delos endet. Keine Bange. Der Schacht wurde ebenfalls gesprengt.«

»Mein Vater... Was ist...«

Leob Gardener schnitt ihm das Wort ab.

»Wir können das nicht wissen. Vorläufig sind wir hier unten in Sicherheit und gehen davon aus, daß oben nichts mehr existiert. Auch die Anlagen unter der Oberfläche der Stadt werden sich inzwischen aufgelöst haben.

Uns schützt der Fels, doch wir wissen nicht, wie lange. Es gibt keine Verbindung zur Außenwelt mehr.«

Sie wiesen den beiden Männern zwei benachbarte Hütten zu, dann rief ein Gong sie aus der Landschaft hinüber in den wissenschaftlichen Bereich von Delos. Ein paar Automaten arbeiteten noch wie vor über vierhundert Jahren. Sie fabrizierten ein Essen, das sich deutlich von den verschiedenen Breisorten der heutigen Zeit unterschied und mit vielseitigen Geschmäckern aufwarten konnte. Sie aßen es mit Appetit und tranken dazu eine gelbe, fruchtige Flüssigkeit, die es auf Marvon nicht gab. Laut Positronik hieß das Getränk Orangensaft und wurde aus Früchten hergestellt, die in der Landschaft wuchsen.

Nach dem Essen zeigte Gardener ihnen die Steuerzentrale. Auf gut einem Dutzend Monitoren betrachteten sie die einzelnen Abteilungen der Delos-Anlage.

»Dort!« Jimm deutete auf einen der Bildschirme. Er zeigte einen Raum, in dem sich mehrere Kuben von der Art befanden, wie er sie in der Pyramide gesehen hatte: die Behausungen der Dedicateds.

»Mein Vater, ist er dort?«

»Junger Mann.« Leob Gardener legte Forlan eine Hand auf die Schulter und ließ ihn das ganze Gewicht seines Armes spüren. »Wir wissen nicht einmal, was es für Behälter sind, die durch den Schacht herabkamen, ehe er gesprengt wurde. Vielleicht sind es Dedicateds, vielleicht Container mit Nahrungsmitteln. Vielleicht etwas anderes. Noch gibt es keine Möglichkeit, die Behälter zu untersuchen. Wir müssen warten. Vorläufig haben wir andere Sorgen.«

Als wolle die Macht des Schicksals seine Worte unterstreichen, begann es über ihnen im Fels zu grollen. Mehrere Donnerschläge folgten. Weiter oben mußten einige Kavernen eingestürzt sein. Eine Sirene wimmerte, leiser, aber häßlicher als die von Bovendern.

»Sir, oberhalb der Gesteinsummantelung hat es mehrere Einbrüche gegeben«, meldete die Positronik. Es war die metallische Stimme, mit der sie es bereits zu tun gehabt hatten. »Die rote Masse, von der wir auszugehen haben, liegt zumindestens im vorderen Teil jetzt direkt auf dem Felsengrund auf, in den Delos eingebettet ist.«

»Danke«, erwiderte Gardener. »Wir versuchen herauszubekommen, wie es oben aussieht.«

»Das ist ein Selbstmordkommando, Mister Gardener.«

Der Plasmabiologe sah den Captain an, als sei dieser von allen Geistern verlassen.

»Kommen Sie, Tennessy. Setzen Sie sich hier an diesen Schirm und machen Sie sich mit der Anlage vertraut. Und dann sagen Sie mir, welche Möglichkeiten uns offenstehen.«

»Wir sind durch. Schneller als ein Tag war es nicht zu schaffen. Viel Glück!«

Darlan Fertos schmiß die Hacke weg und deutete auf den Tunnel. Den vorderen Teil hatten die Männer sorgfältig mit Plastonbalken und Stahlträgern abgestützt. Weiter hinten lag das Gestein zu Wällen aufgeschüttet.

Jimm Forlan stand reglos dabei, die Augen in das Dunkel gerichtet. Er lauschte auf das leise Tropfen und Plätschern, aber es existierte nicht. Die rote Flüssigkeit drang nicht nach Delos vor.

»Danke, Darlan. Bist du bereit, Jimm?«

Der junge Forlan nickte hastig. Zu dritt wollten sie den Aufstieg versuchen. Jimm hatte darauf bestanden, mitgenommen zu werden. Er fühlte sich miserabel, aber irgend etwas trieb ihn an.

»Captain, bleibt es dabei? Alles wie besprochen?«

»Ja«, erwiderte Tennessy. »Ich habe keinen Änderungsvorschlag.«

Der Plasmabiologe setzte sich in Bewegung und ging voran. Er schloß den Helm des Schutzanzugs.

»Wir halten Kontakt, Darlan. Schüttet die Wälle zu

einem Haufen auf, der den Stollen unpassierbar macht. Sobald von uns eine Warnung kommt, entfernt ihr die Stützen und bringt alles zum Einsturz. Zieht euch sofort nach Delos zurück. Uns ist dann sowieso nicht mehr zu helfen.«

Fertos bestätigte, und die kleine Gruppe machte sich endgültig auf den Weg. Der Stollen mündete in einen der Gänge des Außenbereichs. Dieser führte unmittelbar zum Kamin. Im schwankenden Licht der Helmlampen erwachte die Unterwelt zu geisterhaftem Leben. Schatten begannen zu tanzen, und aus Vorsprüngen und verbogenen Wänden wurden bizarre Gestalten, die sich ihnen entgegenwarfen und immer erst im letzten Augenblick zurückwichen.

Hinter ihnen schaufelten die Überlebenden Bovenderns den Stollen zu und nahmen ihnen damit vorerst jede Möglichkeit zur Rückkehr.

Die Strecke bis zu dem in den Felsen gemeißelten Kamin betrug knapp zweihundert Meter. Sie legten sie ohne Behinderung zurück. Der Kamin besaß eine metallene Klappe mit einem Handrad. Gardener öffnete sie und leuchtete hinein.

»Nichts«, sagte er. »Drinnen ist es trocken. Da ist nichts heruntergetropft. Darlan?«

»Wir hören zu.«

»Alles klar.«

Sie zogen sich hinein. Eng war es, der Innendurchmesser betrug gerade mal eineinhalb Meter, die Metalleiter bildete den einzigen Einrichtungsgegenstand. Sie begannen zu klettern, und Gardener erzählte, was er von der Positronik wußte. Damals, als von Delos aus die Besiedlung des Planeten in vollem Gange war, hatte der Kamin so lange für die Abluft der Stadtheizung gedient, wie keine planeteneigenen Energien erschlossen waren. Später hatte man Solar- und Wasserkraftwerke gebaut und den Kamin nicht mehr benötigt. Seine Spitze war mit einem Pfropfen versiegelt worden. Jetzt stellte das Bauwerk die einzige Möglichkeit dar, auf eine Höhe zu gelangen, die über Bovendern lag und von wo aus man auf die Überreste der Stadt hinabblicken konnte.

Zehn, zwanzig Sprossen kletterten sie, und der Atem der drei Männer beschleunigte sich hörbar. Nach jeweils fünfzig Sprossen legten sie eine zweiminütige Pause ein, die sich nach dreihundert Sprossen auf fünf Minuten verlängerte. Gardener mit dem Behälter auf dem Rücken hatte am schwersten zu schleppen und stieß immer wieder an der Wandung an.

Zwischen fünf- und sechshundert Sprossen bis zum Pfropfen, so hatte die alte Positronik ihnen gesagt und den durchschnittlichen Verbrauch an Atemluft berechnet. Die Füllung der beiden Flaschen auf dem Rücken reichte für acht Stunden bei durchschnittlicher Anstrengung. Aus Sicherheitsgründen rechneten sie mit fünf Stunden. Genug, um einen Blick auf das zu werfen, was früher einmal eine Stadt mit einer halben Million Einwohner gewesen war.

»Jimm?«

»Alles klar, Captain.«

»Melde dich, wenn du Probleme bekommst. Wir legen dann eine längere Pause ein.«

»Um diese Tageszeit sind keine Schwindelanfälle zu erwarten.«

Leob Gardener schwieg dazu. Er weilte mit seinen Gedanken vermutlich bereits am Ziel und der Vorrichtung, mit der sie die bewegliche Felsplatte beseitigen konnten. Vorausgesetzt, daß die Mechanik sich überhaupt noch bewegen ließ.

Der Aufstieg gestaltete sich zu einer rein mechanischen Bewegungstherapie. Rechter Arm und linker Fuß hoch, dann die andere Seite. Gardener sprach längst nicht mehr, dafür warf er immer öfter einen Blick auf seinen Hintermann. Jimm Forlan fühlte sich unwohl unter diesem Blick, konnte aber trotz aller Anstrengung nicht verbergen, daß er langsamer wurde. Sie merkten es und glichen sich ihm an, aber das wollte er auch nicht und protestierte dagegen.

Wieder schafften sie zweihundert Sprossen, die Lampen beständig nach oben gerichtet. Jetzt tauchte auch der Pfropfen in ihrem Blickfeld auf. Er schillerte in den Farben des Regenbogens und wirkte absolut trocken. Die roten Blasen hatten ihn nicht aufgelöst, weil der Felsen darüber ihn schützte.

»Von uns aus gesehen befindet sich der Einstieg links«, sagte der Wissenschaftler. »Wir machen eine letzte Pause dreißig Sprossen vor dem Ende der Leiter.«

Das bedeutete noch zwei Pausen bis zum letzten Stück der Strecke.

Jimm blieb plötzlich stehen. »Ich kann nicht mehr!«

»Geh weiter. Wir sind bald am Ziel.« Tennessy versuchte, ihn aufzumuntern.

»Nein!« Er schrie es, wollte sich einfach umdrehen und in die Tiefe springen. Tennessy packte ihn von unten und verhinderte, daß er seine Beine drehte.

»Du bleibst, verdammt nochmal. Reiß dich zusammen, Jimm!«

»Wieso hast du mich mitgenommen? Nur weil ich es so wollte? Das hast du jetzt davon.«

»Was ist mit dir los?«

»Nichts, gar nichts. Ich will hier runter.«

Er zitterte am ganzen Körper, und das Zittern übertrug sich auf seinen Schutzanzug. Er löste seine Hände von den Sprossen und fiel nach hinten. Die Wandung des engen Kamins fing ihn auf und verhinderte seinen Sturz.

»Was ist?« hörten sie Fertos. »Braucht ihr Hilfe?«

»Nein.« Gardener bückte sich und packte ihn an der Schulter. Mit einem Ruck zog er ihn nach vorn und preßte ihn gegen die Leiter. »Er hat einen Höhenkoller, Tennessy. Sobald wir draußen sind, vergeht das.«

Jimm schwitzte. Seine Sichtscheibe begann zu beschlagen, und er riß wie verrückt an der kleinen Programmscheibe an der Brust.

»Mehr Luft, ich ersticke!«

Seine beiden Begleiter reagierten nicht, aber sie achteten darauf, daß er nicht einfach den Helm öffnete. Im Kamin befand sich keine brauchbare Atemluft, höchstens Stickoxide und Faulgase. Jimms Körper versteifte sich, und dann erkannte er, daß er sich in Gefahr befand. Er versuchte gleichmäßig und tief zu atmen. Zehn Minuten vergingen, in denen er wie ein Stück Holz an den Sprossen lehnte. In seinem Kopf wirbelten die Gedanken, und immer wieder sah er dieses Bassin mit dem Torso eines menschlichen Körpers, der sein Vater war.

Wie mit Säure hatte sich das Bild in sein Bewußtsein geätzt.

»Es... es geht wieder«, sagte er nach einiger Zeit. »Wir können weiter.«

Gardener brummte etwas Unverständliches und setzte sich in Bewegung. Wieder klommen sie Sprosse um Sprosse empor, ständig den inzwischen gut sichtbaren Pfropfen im Blick.

Sie schafften es in einer knappen halben Stunde. Das Fliegen in Gyro-Cabs und Gleitern waren sie gewohnt, nicht aber das Aufsteigen an einer Leiter mit kalten, glitschigen Sprossen. Ihre Beine und Arme fühlten sich schwer wie Blei an.

»Wir sind oben«, meldete der Plasmabiologe. » Ich kümmere mich um den Ausstieg.«

»Seien Sie bloß vorsichtig«, warnte Fertos. »Sie wissen, welche verheerende Wirkung selbst eine einzelne Blase haben kann.«

Vorsichtig begann Gardener an dem Mechanismus des Einstiegs zu hantieren. Die mechanischen Sperren waren teilweise eingerostet und mußten erst losgerüttelt werden. Schließlich aber, nach mehreren Pausen zum Kraftschöpfen und Atemholen, gelang es, den Mechanismus zu bedienen und die Verriegelung zu lösen.

Die außen mit einer dicken Felsplatte verkleidete Luke klemmte. Gardener stemmte sich dagegen, doch nichts bewegte sich. Die Kräfte des Wissenschaftlers reichten nicht aus. Er lehnte sich zurück und versuchte es mit Anlauf, indem er seinen Oberkörper gegen das Metall warf. Es gab einen hohlen Ton, mehr nicht.

»Lassen Sie mich vorbei«, keuchte Jimm Forlan. »Ich bin etwas gelenkiger als Sie.«

Zu dritt bewegten sie sich ein paar Sprossen nach unten, und Gardener machte Platz. Er hielt sich mit der linken Hand fest und schwenkte ein Stück zur Seite. Jimm turnte an ihm vorbei nach oben und lehnte sich mit dem Rücken gegen die Luke. Mit dem linken Fuß stand er auf der Leiter, mit dem rechten stützte er sich am gegenüber liegenden Teil der Kaminwandung ab. Dann drückte er das rechte Bein langsam durch. Der Druck auf die Luke wuchs, und sie bewegte sich.

»Langsam!« warnte der Plasmabiologe. »Es darf keine verseuchte Luft eindringen.«

Forlan lockerte die Luke ein Stück, dann überließ er wieder Gardener die obere Position. Der Wissenschaftler entrollte das dünne Kabel mit dem Detektor und schob es vorsichtig in die Ritze zwischen Luke und Wandung. Ein kleines Stück noch drückte er die Luke nach außen, vielleicht drei oder vier Millimeter. Der Detektor an der Brust schlug aus. Sein digitales Display zeigte verschiedene Werte an. Gardener wandte den Helm und blickte zu ihnen herab.

»Die Luft draußen ist atembar. Es existiert eine überhöhte Konzentration an Kohlendioxid. Ihre Ursache finden wir noch heraus. Sporen oder andere gefährliche Partikel lassen sich bisher nicht erkennen. Dazu muß ich die Öffnung vergrößern.«

»Wir sind einverstanden«, versetzte Tennessy.

Der Plasmabiologe stieß die Luke ein Stück weiter auf, so daß durch einen Spalt Helligkeit hereinfiel. Die Werte auf dem Display veränderten sich nur unwesentlich, neue kamen nicht dazu. Gardener öffnete die Luke ganz und stieg hinaus. Jimm Forlan und Noger Tennessy folgten ihm.

Unfähig, ein Wort zu sagen, standen sie nebeneinander im Schatten der Kaminmündung und starrten hinab auf die Stadt – oder auf das, was von ihr übrig geblieben war.

Nichts.

Kein Gebäude, kein Fundament, kein Stahlträger.

Kein Türrahmen, kein Fensterglas, nichts.

Ein rotes Meer bedeckte die gesamte Ebene, aus dem der Felsenhügel wie eine Insel ragte. Starker Wind blies und kräuselte die träge gewordene Oberfläche des roten Ozeans. An verschiedenen Stellen bildeten sich Gasblasen und platzten unter lautem Schmatzen.

Wortlos entfernten sich die drei Männer vom Kamin und erklommen den höchsten Punkt des Berges. Von dort vermochten sie nach allen Seiten bis zum Horizont zu blicken. Und überall glänzte ihre Welt rot und glatt, ohne Baum und Strauch, ohne Straße und Pfad. Der Himmel leuchtete blau, und Talfor besaß nach wie vor ihren milden Schein. Aber vom Boden reflektierte das Rot und tauchte die Landschaft in ein Meer von Blut, als habe auf der Oberfläche Marvons eine Schlacht zwischen zwei Galaxien getobt, Mann gegen Mann und Lanze gegen Lanze, millionen- und milliardenfach.

Nur die Leichname der Krieger fehlten.

Und das war es, was die Szenerie so gespenstisch machte und sich als starker Druck auf die Gemüter der drei Beobachter legte.

Das rote Verderben, die Tränen vom Himmel, hatten nicht nur alle Gebäude und Fahrzeuge zerstört und jegliches Material zersetzt. Die Tränen hatten auch die Menschen aufgelöst, sofern ihnen nicht die Flucht aus der Stadt und der Ebene gelungen war.

Über Tennessys Lippen kam ein Ächzen, die Andeutung eines Schreis. Tiefe Falten gruben sich in sein Gesicht, und er legte seinen Arm um Jimm und drückte den jungen Mann fest an sich.

»Kryfaltar hat es als erste getroffen«, hauchte er. »Sie konnte keine konkreten Nachrichten und Warnungen mehr durchgeben. Dann war Bovendern an der Reihe. Wie geht es weiter, Gardener? Welche Stadt und welcher Landstrich sind in der vergangenen Nacht vom Antlitz des Planeten getilgt worden, während wir friedlich schliefen?«

Der Wissenschaftler zuckte mit den Achseln. »Wenn ich es wüßte, wäre schon viel gewonnen. Aber so...«

Er ließ den Satz offen. Die Hitze und die hohe Luftfeuchtigkeit hatten sich verzogen und mit ihnen auch die tödliche Wand der Blasen. Nur hier und da hingen noch vereinzelte Schwärme in der Luft, sie sanken mangels Auftrieb dem Boden entgegen.

Sie gaben ihre Beobachtungen nach unten an Darlan Fertos weiter und ernteten entsetztes Schweigen.

Natürlicher Fels war das Einzige, was die Tränen nicht aufzulösen vermochten. Wenn sie wenigstens eine davon gefahrlos bargen, ließ sich vielleicht eine Möglichkeit finden, ihnen beizukommen.

Jimm atmete heftiger und versuchte, einen klaren Kopf zu behalten. Eine einzelne Träne rann über seine Wange und vertrocknete am Kinn.

»Das Wetter ändert sich. Es wird schwül und drückend werden«, wiederholte er die Worte seines Vaters. »Was genau entsteht, wissen wir nicht. Wir können es jedoch berechnen. Es muß mit früheren Experimenten zusammenhängen. Es ist eine Bedrohung, die wir uns selbst zu verdanken haben, oder besser unseren Vorfahren. Sie ist unausweichlich. Alle Städte bereiten sich vor. Die Regenten kommunizieren unaufhörlich untereinander.«

Der Plasmabiologe fuhr herum und starrte ihn an. »Was sagen Sie da, Forlan?«

»Es sind die Worte des Dedicated Forlan, die er wiederholt.« Noger Tennessy ließ sich gegen einen Felsblock sinken und starrte auf seine Handschuhe. »Wollen Sie meine Gedanken dazu wissen? Wenn ein Dedicated einen solchen Verdacht ausspricht, dann tut er es aufgrund von Informationen, nicht etwa aus einer Laune heraus. Wer hat diese Experimente in die Wege geleitet, und warum wissen wir heutzutage nichts davon? Unsere Speicher waren voll von Berichten und Filmen über die Vergangenheit, solange sie noch existierten. Jetzt ist alles vernichtet, keiner kann mehr Auskunft geben. In den Orbitalstationen existieren nur kleinere Computer mit wissenschaftlichen Speichern. Dort brauchen wir uns keine Hoffnungen auf Aufklärung zu machen. Was ich sagen will: Wenn jemand uns diese Auskunft geben kann, dann nur der Regent oder alle Regenten zusammen.«

»Tennessy, sind Sie sich bewußt, welchen Verdacht Sie da aussprechen?«

Gardener zeigte deutliche Beunruhigung. Er trat von einem Fuß auf den anderen und hielt es schließlich nicht mehr auf der Stelle aus. Er begann, auf und ab zu gehen.

»Ich weiß. Es ist auch nur ein Verdacht. Wir brauchen die Dedicateds oder am besten die Regenten. Sie müssen uns Rede und Antwort stehen. Es ist Zeit, daß wir die kubischen Behälter drunten in Delos untersuchen. Wir sollten deshalb unsre Mission hier oben so schnell wie möglich zu Ende führen.«

»Einverstanden. Darlan, wir versuchen es jetzt.«

»Seid vorsichtig«, mahnte der Mann am Funkgerät drunten in der Tiefe.

Sie kletterten bergab bis in die Nähe des roten Meeres. Jimm warf einen Stein hinab und beobachtete, wie er eine Weile auf der zu einem zähen Brei erstarrten Oberfläche schwamm und dann ohne Volumenverlust sank. Wie tief die giftige Brühe an dieser Stelle war, ließ sich nicht feststellen.

»Die Konzentration des Kohlendioxids steigt, je weiter wir uns der Substanz nähern.« Der Wissenschaftler hob die Hand. »Bleibt zurück. Wir führen dummerweise kein Sicherungsseil mit uns. Sollte mir etwas zustoßen, versucht nicht, mich zu retten. Kehrt auf demselben Weg nach Delos zurück, den wir gekommen sind.«

Sie bestätigten und hielten zehn Meter oberhalb der kritischen Grenze an. Gardener tastete sich Schritt um Schritt vor. Er hatte keine Ahnung, wie das Gelände unter der roten Oberfläche beschaffen war. Möglicherweise bildete der Fels an dieser Stelle einen Überhang und brach ab, wenn er ihn mit seinem Gewicht belastete. Fünf Schritt vor der Uferlinie machte er halt und nahm den Behälter von seinem Rücken. Er öffnete ihn und zog einen aus Felsgestein gehauenen Zylinder heraus, ebenso einen Deckel. Er ließ sich auf die Knie nieder und kroch vorsichtig an die fremdartige Substanz heran. Aus der rechten Hüfttasche seines Schutzanzugs holte er so etwas wie einen steinernen Löffel. Er streckte den Arm aus und tauchte ihn langsam in den roten Brei hinein. Zehn, fünfzehn Sekunden hielt er ihn so, dann nahm er ihn wieder heraus. Die breiige Masse tropfte langsam ab. An dem Löffel waren keine Veränderungen zu erkennen.

Der Wissenschaftler begann vorsichtig zu schöpfen. Drei Löffel der zähen Brühe füllte er in das steinerne Gefäß, dann warf er den Schöpfer von sich auf den felsigen Untergrund. Er schloß den Zylinder mit einem Steindeckel und füllte in die Fuge mehrere Hände voll Steinmehl, um den roten Brei vollständig von der Außenwelt abzuschließen. Dann packte er den Zylinder in den Behälter zurück und versiegelte ihn.

»Das wär's. An die Blasen kommen wir nicht ran.«

Er deutete auf die letzten Wolken aus roten Tränen. Sie sanken tiefer auf die Ebene hinab und entfernten sich mit dem Wind immer mehr aus dem Gebiet, in dem einen Tag zuvor noch die Stadt gelegen war.

Gardener nahm den Behälter auf und machte sich auf den Weg zu seinen Begleitern.

»Darlan, wir kehren jetzt zurück.«

»In Ordnung. Wir erwarten euch unten. Vergeßt nicht, die Luke richtig zu schließen.«

Plötzlich flog ein Stein. Er verfehlte Gardener nur knapp. Der Wissenschaftler gab einen Laut der Überraschung von sich.

»Vorsichtig!« schrie Jimm. Er rannte parallel zum Hang davon. Tennessy wollte ihm folgen, entschloß sich dann aber doch, dem bedrängten Wissenschaftler und seinem Behälter zu Hilfe zu kommen. Weitere Steine flogen. Einer traf Gardener an der Schulter. Der Plasmobiologe schrie auf, doch da war Tennessy bereits bei ihm.

»Wir werden angegriffen«, sprach er ins Funkgerät. »Keine Angst, Gardener, Ihr Anzug ist noch heil. Was macht die Schulter?«

»Ich bin in Ordnung. Vorsicht, da kommt noch einer.«

Diesmal handelte es sich um einen Brocken, so groß wie zwei Männerfäuste. Aber er erreichte sie nicht. Drei Meter vor ihnen fiel er zu Boden und zerbrach.

Jimm meldete sich. »Kommen Sie her. Das ist ja furchtbar. Hör auf, du Idiot! Keine Steine mehr!«

Gardener setzte den Behälter ab. Neben Tennessy eilte er hinüber zu der Stelle, wo sie Forlans Helm leuchten sahen. Jimm stand neben einer Kuhle, und in dieser kauerte ein Mensch, halb aufgerichtet und mit einem Stein in der linken Hand. Die andere Hand und ein Teil des Arms fehlten. Auf der rechten Körperseite lag das Fleisch bloß, und am Oberschenkel hatten die roten Tränen einen Teil der Muskulatur weggefressen. Die Augen des Mannes waren blutunterlaufen, sein Gesicht glühte. Er hatte starkes Fieber und litt offensichtlich unter Eintrübungen seiner Sinne.

»Wir sind Männer von der Schutztruppe und ein Wissenschaftler«, sagte Tennessy laut. »Sie brauchen vor uns keine Angst zu haben. Wir bringen Sie in Sicherheit.«

»Sicherheit?« Ein grausames Lachen klang auf. »Gibt es die? Bestimmt nicht auf dieser Welt. Hier kämpft jeder für sich selbst und gegen alle anderen. Verschwindet, laßt mir meine Ruhe. Dies ist mein Territorium.«

»Er phantasiert«, stellte Gardener fest.

Als Antwort flog ein Stein und traf ihn an der Brust. Wütend hob er ihn auf und warf ihn zurück. Er traf den Verletzten am Kopf, und sofort tat ihm sein Handeln leid.

»Tut mir leid, Freund. Das war keine Absicht.«

Jimm stieg zu dem Verletzten hinab und beugte sich über ihn.

»Können Sie mein Gesicht hinter der Helmscheibe erkennen? Ich bin ein junger Mann aus dieser Stadt. Wir haben einen Unterschlupf gefunden und können Ihnen medizinische Versorgung anbieten. Sie brauchen einen Arzt. Ich bin Jimm Forlan. Wie heißen Sie?«

»Das wüßtest du wohl gern. Mein Name geht euch überhaupt nichts an. Veschwindet, oder ich bringe euch um.«

Er warf sich an Jimm Forlan vorbei und rollte sich über den Boden auf Gardener und Tennessy zu. Er bewegte sich wie eine Walze in der Absicht, die beiden Männer von den Beinen zu holen. Sie wichen aus und versuchten, ihn zu packen und festzuhalten.

Der Verletzte lachte wie ein Irrer.

»Ihr erwischt mich nicht. Nie mehr!«

»Machen Sie keinen Unsinn.« Tennessy sprang hinter ihm her, aber der Mann war schneller. Er rollte den Hang hinab und kam unmittelbar vor dem roten Brei zur Ruhe. Mit dem gesunden Arm und dem gesunden Bein richtete er sich auf.

»Ihr kriegt mich nicht!« schrie er ihnen entgegen. Sie blieben stehen und wichen zurück.

»Wir tun Ihnen nichts. Wir lassen Sie in Ruhe. Dies ist Ihre Zuflucht. Wir kehren in die unsere zurück. Sehen Sie dort oben, die offene Luke im Kamin? Von dort kommen wir her. Unten im Fels existiert eine funktionstüchtige Anlage. Dort gibt es auch einen Arzt.«

»Funktionstüchtige Anlage. Daß ich nicht lache! Auf ganz Marvon gibt es so etwas nicht mehr.«

Sie wichen weiter zurück, doch es nützte nichts. Mit einem letzten entsetzlichen Schrei warf der Verletzte sich in das rote Meer hinein. Sein Körper zappelte ein paar Augenblicke, dann versank er und löste sich in der aggressiven Substanz auf.

Fassungslos standen die drei Männer da und starrten auf die Stelle, wo eine Weile Luftblasen aufstiegen.

Danach deutete nichts mehr darauf hin, daß sich an dieser Stelle vor wenigen Augenblicken eine Tragödie abgespielt hatte.

»Lassen Sie uns zurückkehren, ehe wir mit weiteren Überraschungen konfrontiert werden.« Den Worten des Wissenschaftlers hatten Tennessy und Forlan nichts hinzuzufügen.

6.

Das Flüstern und Wispern war Syrana unheimlich. Die meisten Männer und Frauen sah sie nicht. Sie hörte sie nur, und doch verstand sie kein Wort der leise geführten Gespräche. Ab und zu konnte sie etwas verstehen, weil ein Kind eine laute Frage stellte. Ostraer und Androide Hülsvich ragten wie zwei Säulen vor ihr auf und bewachten sie, damit ihr kein weiteres Leid geschah. Die Beratung zog sich schier endlos dahin, und als es im Hintergrund der Höhle endlich lebendig wurde und mehrere kleine Lichter auftauchten, da schien es der Pilotin aus Kryfaltar, als seien Stunden oder sogar Tage vergangen. Trollan löste sich aus der Gruppe der Männer und schritt auf sie zu. Mit einem einzigen Blick erfaßte er, daß etwas vorgefallen sein mußte.

Ostraer und Hülsvich wichen zur Seite und gaben den Weg zu Syrana frei.

»Wir glauben dir«, verkündete er laut. »Nicht, weil wir Vertrauen zu dir hätten, sondern weil sich unsere Lage übergangslos verändert hat. Unsere Welt draußen existiert vielleicht nicht mehr, und wir haben keine Ahnung, was uns die Zukunft bringt. Wir sind Menschen, du bist ein Mensch. Selbst wenn du uns täuschst und nichts anderes im Sinn hast, als uns Unglück zu bringen, werden wir dich nicht dem Verderben ausliefern und dadurch vielleicht ein noch größeres Unheil über uns heraufbeschwören. Du bist weder unser Gast noch unsere Gefangene. Du bist einfach anwesend, du existierst in unserer Welt. Solange du unsere Gesetze beachtest, wird dir nichts geschehen.«

»Es ist bereits etwas geschehen.« Ostraer deutete hinüber, wo die Bewußtlosen lagen. »Einer von uns hat versucht, die Städterin zu töten. Hülsvich hat es verhindert. Mehrere Männer griffen ihn dann an. Er hat sich mit Mitteln gewehrt, die wir nicht verstehen.«

»Hülsvich.« Trollan stützte nachdenklich den Kopf auf die Hand. »Immer wieder tust du Dinge, die wir nicht begreifen. Meistens findest du eine ganz natürliche Erklärung. Mich hast du nie darüber hinweggetäuscht, daß du keiner von uns bist. Hülsvich, der Verstoßene. Hülsvich, der Sucher nach der Wahrheit. So hieß es immer. Über Trog und Pfanne bist du nach Tank gekommen und hast auf diese Weise deine Spur verwischt. Wo hat unser Bruder dich verletzt?«

Der Androide deutete auf den Schnitt an der Brust. Trollan legte zwei Finger an und zog die Haut auseinander. Etwas Graues schimmerte durch, und der Sprecher der Siedlung nickte wissend.

»Wir nennen euch Kunstmenschen. Wir wissen, daß ihr in den Städten gemacht werdet und über Kräfte verfügt, die uns allen überlegen sind. Die Kampfkraft der ganzen Siedlung würde nicht ausreichen, einen von euch zu besiegen. War es nicht immer so? Die Städte haben euch geschaffen und zu uns geschickt, in jede Siedlung einen. Als Spione, die Gutes tun? Wer weiß. Ihr habt viel für die Siedlung getan und einen Beitrag zum Überleben geleistet, gerade in der Anfangszeit. Ja, ja, hört nur her, Männer, Frauen und Kinder von Tank. Jetzt, an der Schwelle des Untergangs, erfahrt ihr Dinge, die sonst nur von einem Sprecher zum nächsten weitergegeben werden. Die Kunstmenschen unter uns waren es, die erkannten, daß die Natur des Planeten nicht alle Stoffe bietet, die Menschen für ihre Entwicklung brauchen. Es fehlt ein großer Teil wichtiger Vitamine. Sie sind nur in unterirdisch wachsenden, seltenen Pilzen enthalten und in bestimmten Höhlenmoosen. Es ist den Kenntnissen und den geheimen Dingen in den Körpern der Kunstmenschen zu verdanken, daß wir es erkannten und die Menschen in der Nachfolge des Propheten in den Wäldern und Hügelregionen überlebten.

Vogelfliegerin, komm mit! Ich will dir etwas zeigen. Vielleicht überzeugt es dich, daß wir deine Hilfe nicht benötigen. Ostraer und Hülsvich begleiten mich. Ihr anderen aber bleibt zurück. Bewacht die Bewußtlosen. Wir werden später über sie urteilen.«

Er wandte sich um, griff sich einen Kienspan und ging mit weiten Schritten davon. Syrana warf einen letzten Blick auf die beiden kleinen Kisten am Höhleneingang. Sie konnte nur hoffen, daß niemand sich darüber hermachte und sie zerstörte. Ostraer bemerkte ihren Blick und grinste.

»Von solchem Teufelszeug läßt man besser die Finger.«

Sie folgten Trollan. Er führte sie in den hinteren Bereich der Höhlen, dann in einen niedrigen Gang, der nach unten führte, tief in das Felsmassiv der Bastion hinein. Es wurde feuchter, und in der Ferne hörten sie ein leises Rauschen, das langsam anschwoll. Syrana schätzte, daß sie einen halben Kilometer abwärts marschierten, bis sie eine weite Grotte erreichten. Fluoreszierende Moose an den Wänden beleuchteten ein Plateau über einem reißenden Fluß. Das Wasser rauschte glasklar dahin.

»Hülsvich kennt dieses Wasser besser als wir«, eröffnete der Sprecher ihr. »Es versorgt mehrere Siedlungen mit dem lebensnotwendigen Naß. In früheren Generationen haben sich gute Schwimmer zu Expeditionen in den Silberfluß gestürzt und ihn unterirdisch bis zu den nördlichen Seen und aufwärts bis zu seinen Quellen in den unterirdischen Kavernen des Westgebirges verfolgt.«

Beim Westgebirge dachte Syrana automatisch an schneebedeckte Gipfel und gletscherähnliche Eisformationen. Mehrere Flüsse entsprangen dort. Daß es einen gab, der ausschließlich unterirdisch verlief, war in den Städten nicht offiziell bekannt. Vermutlich wußten es der Regent und die Dedicateds. Denn schließlich standen die Androiden in Funkverbindung mit ihren Städten.

»Das Wasser wird zu Zeiten der heißen Sonne sogar an andere Siedlungen verkauft, die nicht über eigene Quellen verfügen und auf den Laondha angewiesen sind«, fuhr Trollan fort. »Siehst du dort die dunklen Flecken? Das ist das Moos, das uns vor Mangelerscheinungen bewahrt und nicht informierte Beobachter aus den Städten manchmal vor Rätsel gestellt hat.« Er warf einen bezeichnenden Blick auf Hülsvich. »Hast du keine Möglichkeit, mit deiner Stadt in Verbindung zu treten? Welche Stadt ist es?«

»Es war Grevenich am Strand. Sie schweigt seit vergangener Nacht. Es ist ein seltsames Gefühl. Alles ist tot. Nur die Welt um meinen Körper herum existiert noch. Die Frau, mit der ich über mein Funkgerät verbunden war, ließ sich Tag und Nacht ansprechen, zu jedem Augenblick, in dem ich die Lust dazu verspürte. Wenn es Probleme gab, die ich aus eigener Entscheidung nicht bewältigen wollte oder konnte, Grevenich am Strand half. Das Office und die Abteilung für die Koordination der Androideneinsätze standen rund um die Uhr zur Verfügung. Nicht nur für Absprachen in Sachen Verhalten oder Beeinflussung der Menschen in meiner Siedlung. Auch wenn ich selbst einmal mit psychischen Problemen kämpfte. Ja, ihr hört richtig. Auch das gibt es. Und jetzt? Ihr seid zwar da, und doch komme ich mir vor, als sei ich allein auf diesem Planeten. Mein Kunstkörper wird noch lange existieren, doch hält mein Gehirn es aus? Hält die Psycho-Blockade, die mich zu einer vollwertigen Einsatzeinheit macht? Vielleicht dauert es nicht lange, und ich erleide einen Zusammenbruch oder drehe durch.« Er fuhr herum und deutete auf Syrana. »Du trägst einen Strahler. Wenn du merkst, daß ich für Menschen gefährlich werde, mußt du mich vernichten.«

»Ich weiß nicht, ob ich das kann. Ich habe noch nie auf den Körper eines Menschen gezielt.«

»Du mußt es tun. Ich bin kein Mensch.« Hülsvich packte sie so hart an den Schultern, daß sie aufschrie. Erschrocken ließ er sie los. »Tut mir leid. Ich wollte das nicht. Versprich mir, gut auf mich aufzupassen. Trenne mir notfalls die Beine ab, damit ich keine Gefahr mehr bin. Unternimm irgend etwas, aber sorge dafür, daß ich keine Gefahr darstelle. Die Stadt schweigt. Sie ist tot. Niemand ist da, der mich über das Kodesignal einfach abschalten und behandeln kann.«

»Ich verspreche dir, daß ich über dich wache.«

Der Androide ahmte ein Aufatmen nach. Sein künstlicher Brustkorb hob und senkte sich sogar dabei. Die Konstrukteure hatten alles getan, damit das Kunstwesen bei seinen Einsätzen einen perfekten Menschen imitieren konnte. Einen, der nach einem anstrengenden Lauf keuchte und langsam wieder zu Atem kam, einen, der Muskelkater simulierte und alle Schwächen eines Normalsterblichen aufwies. Nur eines konnten Androiden nicht: Sie bluteten nicht. Ihre Körperverkleidung ließ das nicht zu. So mußten sie darauf achten, daß sie jeden Kampf gewannen und sich nie verletzten.

»Nun weißt du Bescheid über die Höhlen der Bastion und die Chancen unserer Siedlung, die Katastrophe zu überleben«, ergriff Trollan wieder das Wort. »Die einzige Verbindung zur Oberfläche des Planeten führt durch mehrere Felsrisse. Sie sorgen für die Zirkulation der Atemluft. Wenn das Schicksal uns gnädig gesinnt ist, werden wir überleben.«

»Bisher gibt es keine Anzeigen für das Gegenteil.« Hülsvich deutete nach oben zur Decke der Grotte. »Die Luft, die zu uns herabdringt, ist wärmer als zuvor. Sie enthält keine zusätzlichen Partikel, die für uns gefährlich wären. Dennoch sollten wir uns vergewissern, wie es oben aussieht. Wie sicher sind die Höhlen? Müssen wir tiefer hinab? Bleibt uns nur die Flucht durch den Schlund des Flusses in Richtung Westgebirge?«

Trollan warf Ostraer einen fragenden Blick zu. Der Jäger senkte den Kopf.

»Ich bin einverstanden, diese Gruppe zu führen.«

»Gut. Dann werde ich mich jetzt um den Mann kümmern, der versucht hat, die Frau aus Kryfaltar zu töten.«

Ein Felsbrocken sah aus wie der andere. Alle wiesen sie eine glitschige und daher gefährliche Oberfläche auf. Hülsvich ging voraus, da er die Situation am besten abschätzen konnte und ihnen mit den Geräten seines Körpers Unterstützung bieten konnte. Er räumte Hindernisse beiseite und riß Felsen aus ihrer Verankerung, die im Weg lagen. An besonders schwierigen Stellen bildete er mit seinem Körper eine Brücke, über die sie kletterten, weil es auf der anderen Seite des Abgrunds bessere Möglichkeiten zum Festhalten und Emporsteigen gab.

Ostraer trug das Funkgerät auf seinem Rücken, während Syrana sich die Batterie umgebunden hatte.

Zwischen ihnen ging Garvas, der Attentäter. Er sprach kein Wort, blickte aber erwartungsvoll nach unten, als wolle er seine Fluchtchancen abschätzen.

Syrana vermied es, ihn anzusehen. Erst nach und nach war ihr bewußt geworden, daß sie nicht mehr lebte, wenn Hülsvich ihr nicht das Leben gerettet und damit gleichzeitig sein Geheimnis aufgedeckt hätte. Ein Bolzen mit einem Steinsplitter mußte schlimme und schwer heilbare Wunden reißen. Die Schußwaffen an den Gürteln der Jäger ähnelten vom Schaft her einem Gewehr, besaßen jedoch einen Bogen mit Sehne, der fest mit dem Schaft verbunden war. In einer kleinen Rinne ruhte der Bolzen, den die Sehne beschleunigte und mit hoher Wucht ins Ziel lenkte. Vermutlich hätte das Geschoß ihren halben Körper durchschlagen und zu ihrem qualvollen Tod geführt.

Ähnlich wäre es ihr draußen an der Box-Eins fast ergangen, als Ostraer sie verfehlt hatte. Viel zu spät war ihr klargeworden, daß sie beim Verlassen des Flugzeugs fahrlässig gehandelt hatte. Sie mußte mit der Anwesenheit von Menschen aus dem Wald rechnen, welche die heranziehenden Ballungen am Himmel beobachteten.

Auch jetzt trug Syrana ihren kleinen Handstrahler schußbereit im Gürtel. Sie beobachtete genau, was Garvas tat. Suchte er nach einem Stein, den er auf sie schleudern konnte, um sie zu treffen und so in die Tiefe zu stoßen?

Einen kurzen Blick erhaschte sie von dem, was unter ihnen im Dunkel lag. Ganz unten glomm ein winziges Licht: Trollan, der noch immer den Kienspan hielt und ihnen hinterhersah. Die Frau aus Kryfaltar schätzte die Entfernung bis zum Grund auf mindestens hundert Meter. Weit bis zu den oberen Schichten der Bastion konnte es nicht mehr sein.

Der Androide warf sich plötzlich herum und schleuderte ein Seil nach Garvas. Es klatschte, als es seine Haut traf und einen Striemen hinterließ. Ein Stein fiel aus Garvas' Hand, den er wohl heimlich an sich genommen hatte, um ihn im rechten Augenblick zu benutzen.

Ostraer, der direkt hinter ihm kletterte, packte einen seiner Füße und riß diesen zur Seite. Garvas stieß einen Schrei aus und rutschte ab. Seine Hände krallten sich an die feuchten Felsen und suchten Halt. Fingernägel schleiften und brachen ab, darunter quoll Blut hervor. Hätte der Jäger ihn nicht weiter am Fuß gepackt, wäre der Attentäter in die Tiefe gestürzt.

»Nimm dies als Warnung für das, was dir blüht, wenn du es noch einmal versuchst«, knurrte Ostraer. »Ist's dir nicht genug, daß die Gemeinschaft dich ausgestoßen hat und hofft, daß der Wald dich verschlingt? Denkst du etwa, jemand nimmt dich auf? Die Trommeln werden es irgendwann verkünden, daß du nicht würdig bist, in einer anderen Siedlung zu leben.«

Er versetzte ihm einen Stoß, der ihn gegen Hülsvich trieb. Dieser trat Garvas mit einem seiner stählernen Beine. Es gab einen dumpfen Laut, und der potentielle

Mörder stieß einen Wehlaut aus. Von da an hegte er keine bösen Absichten mehr und ergab sich in sein Schicksal.

Nach einer Weile meldete Hülsvich: »Noch keine Änderungen in der Luftzusammensetzung.« Er deutete nach oben. Dort tauchte ein winziger Spalt auf, angefüllt mit dunkelrotem Leuchten.

Die Entfernung betrug ungefähr zwanzig bis dreißig Meter.

Ein paar Körperlängen unter der Öffnung machten sie halt. Der Androide kletterte voraus und verbreiterte die Mündung des Felsenrisses. Dann half er ihnen beim Aussteigen.

Sie befanden sich auf der Oberseite der Bastion. In Sichtweite lag der Talkessel, durch den Ostraer Syrana geführt hatte. Rings um die Bastion ragten die Bäume und Büsche des Waldes auf, ein einziges grünes Dickicht, in dem es vor Lebendigkeit nur so knackte und ächzte. Ein Jäger wie Ostraer begriff sofort, daß sich dort unten die Tiere des Waldes drängten und Schutz vor dem Verderben suchten.

Über ihnen, vielleicht hundert oder zweihundert Meter entfernt, ballte sich das Verderben. Es ritt auf einer Glocke aus heißer, stickiger Luft, die den drei Männern und der Frau übergangslos den Schweiß aus allen Poren trieb.

»Vorsicht. Hier oben treiben Luftschwaden mit erhöhter Kohlendioxid-Konzentration.« Hülsvich kletterte auf eine Erhebung und hielt Ausschau über den Wald. Zufrieden kehrte er zurück und wandte sich an Ostraer und Syrana.

»Ihr bleibt hier. Ich begleite Garvas und passe auf, daß er das Gebiet unserer Siedlung verläßt. Mag er sich an eine der anderen Siedlungen in der Nähe wenden.«

»Du wirst versuchen, mich zu töten«, brauste der Attentäter auf. Der Androide lachte auf sehr menschliche Weise.

»Ich mache mir an dir doch nicht die Hände schmutzig. Dein Schicksal liegt in deiner eigenen Hand. Los jetzt!«

Er stieß ihn vorwärts, hinüber zu einer Einkerbung in den Felsen. Von dort führte ein schmaler Pfad an der Außenseite der Bastion in den Wald. Die beiden Männer verschwanden rasch aus Syranas Sichtbereich; sie löste die Knoten und setzte die Batterie auf den Boden. Ostraer stellte den Sender daneben, und Syrana nahm hastig die Kabel und verband die beiden Geräte miteinander. Sie fuhr die Antenne aus und peilte das Gerät auf die Notfrequenzen ein, die in Kryfaltar üblich waren.

»Syrana aus Kryfaltar an alle«, sprach sie in das integrierte Mikrofon und gab die Positionsdaten des Landeplatzes durch. »Ich befinde mich in der Nähe meiner Maschine auf einer Felsenbastion, die mitten aus dem Waldland ragt. Wenn Sie mich hören können: Hier gibt es viele Siedlungen mit Menschen, die sich vor dem roten Verderben retten konnten. Achtung, hier spricht Syrana aus Kryfaltar. Ich rufe alle, die diesen Funkspruch empfangen. Hier gibt es Menschen, die Ihre Hilfe brauchen. Wenn ein Ferngleiter in der Nähe ist, bitte melden. Wer auch immer diesen Notruf empfängt, der leite ihn bitte an eine noch funktionierende Rettungsstelle weiter.«

Sie arbeitete alle Frequenzen durch und wiederholte jedesmal den Text. Der kleine Aufzeichner im Sende-Empfänger-Gerät speicherte ihn und funkte ihn dann abwechselnd auf allen Frequenzen hinaus.

Argwöhnisch beäugte Syrana die kleine Leuchtanzeige des Spannungsmessers. Sie hatte keine Ahnung, wie lange die Batterie durchhalten würde. Die junge Frau kauerte neben den beiden kleinen Behältern und duckte sich eng zusammen. Irgendwie hatte sie den Eindruck, daß die Ballungen des Unheils näher an das Plateau herangerückt waren. Sie machte Ostraer darauf aufmerksam.

»Es wird kühler«, stellte der Jäger fest. »Das bedeutet,

daß die Tragfähigkeit der Luft nachläßt. Ich verstehe jetzt, wie Hülsvich es gemeint hat, daß das Schicksal Garvas richten wird. Bis er einen sicheren Unterschlupf gefunden hat, ist es sicher zu spät. Was auch immer da oben auf uns zukommt, wird ihn vernichten.«

»Nicht nur ihn. Es frißt alles weg. Den Wald, die Tiere, das Erdreich bis hinab auf den blanken Felsboden. Gegen diese Gefahr gibt es keinen Schutz und keine Vorsorge. Sie kommt und vernichtet alles.«

»Es stellt sich aber die Frage, wer das Unheil verursacht hat, Syrana. Es gibt Stimmen in unserer Siedlung, die der Meinung sind, daß die Bewohner der Städte damit das Waldland und seine Bewohner vernichten wollen. Garvas hat daran geglaubt, deshalb seine Handlungsweise. Versteh mich nicht falsch. Ich will ihn nicht entschuldigen.«

»Bisher ist das Waldland wenigstens zu einem Teil verschont geblieben, während die Städte eine nach der anderen untergehen. Weißt du, wie lange es bei Kryfaltar gedauert hat? Keine Stunde. Nicht einmal Energiebarrieren haben etwas genützt. Die Blasen kommen zu Milliarden und quellen über jeden Schutz hinweg in die Stadt. Überall, wo sie mit natürlichen oder künstlichen Substanzen in Berührung kommen, lösen sie diese auf.«

Hülsvich kehrte zurück. Er ließ sich neben ihnen auf den Boden nieder und lauschte dem leisen Flüstern der automatischen Funksprüche.

»Noch habe ich keine Antwort erhalten«, sagte Syrana. »Es wird dauern. Wer weiß, ob es auf unserer Planetenhälfte überhaupt noch Funk gibt.«

»Lange haben wir nicht mehr Zeit. Eine halbe Stunde vielleicht.« Der Androide deutete empor zu dem dunklen und purpurroten Himmel. »Dann hat das Verderben den Wald erreicht.«

»Und Garvas? Was ist mit ihm?« wollte Ostraer wissen.

»Er hat sich selbst gerichtet. Ich habe ihn bis an den Waldrand begleitet. Der Anblick der Vernichtung muß ihn

um den Verstand gebracht haben. Die gesamte Ebene außerhalb des Waldlandes besteht aus einem einzigen Meer von roter Farbe. Nur ein paar Felsbrocken ragen daraus hervor. Der Rand des Waldes ist ebenfalls betroffen. In seiner Verwirrung ist Garvas nicht in den Wald, sondern hinaus in das Meer gerannt und absorbiert worden. Über dem Waldrand selbst hat sich der Auftrieb der warmen Luft gehalten bis jetzt. Durch das Halbdunkel und die fehlende Sonnenwärme kühlt die Luft ab, und damit sinken auch die Blasen herab auf die Bäume und den Boden. Noch habe ich keine Antwort auf den Notruf empfangen. Und ihr?«

Syrana schüttelte den Kopf.

»Auch bei uns hat sich nichts getan. Kommt! Wir müssen zusehen, daß wir den Einstieg mit Felsbrocken anfüllen, bevor es zu spät ist.«

Sie bauten die Funkanlage ab und kehrten in den Riß in der Bastion zurück. Hülsvich brach die passenden Brokken aus dem Gestein der Umgebung heraus und legte sie an den Rand des Einstiegs. Dann verschwanden sie nach unten. Syrana und Ostraer warteten, bis der Androide den Spalt vollständig geschlossen hatte.

»Von jetzt an sind wir zum Leben unter der Oberfläche verurteilt. Keiner der Ausgänge ist noch benutzbar.« Hülsvich begann mit dem Abstieg und half seinen Begleitern, so gut er konnte.

Seine Worte klangen schlimmer als das Urteil, das die Gemeinschaft über Garvas verhängt hatte.

7.

Diese Stimme! Wem gehörte sie?

Jimm bildete sich ein, sie schon einmal gehört zu haben. Wahrscheinlich täuschte er sich. Sie klang leise und schwach, wie unter einer gewaltigen Anstrengung. Sie war ganz anders als die Stimme des Verrückten, den sie draußen getroffen hatten.

»Wer sind Sie?« fragte Leob Gardener. »Wo befinden Sie sich?«

»....Fehler in der Berechnung. Zu wenig... Energie. Reserven erschöpft. Helfen Sie.«

»Wie?«

»....Leitung zu... den Behältern... legen.«

Ein Seufzer verwehte in dem Steuerraum von Delos.

»Die Behälter also. Jemand ist in Not«, zog der Plasmabiologe den Schluß. »Aller Wahrscheinlichkeit nach handelt es sich um die Lebenserhaltungssysteme von Dedicateds. Wir dürfen keine...«

Jimm unterbrach ihn.

»Ich denke ohne Unterlaß an meinen Vater. Aber es war nicht seine Stimme. Doch wessen Stimme dann?«

Seit ihrer Rückkehr von der Oberfläche war noch nicht einmal eine Viertelstunde vergangen. Die Zeit hatte gerade ausgereicht, den Behälter mit seinem tödlichen Inhalt an einen sicheren Aufbewahrungsort zu bringen. Insgesamt acht Personen eilten hinaus in den Korridor, der zu der Halle unter dem ehemaligen Schacht führte. Sie konnten es kaum erwarten, bis die Tür aufglitt und ihnen der Zutritt möglich war.

Da standen sie. Acht gleich aussehende Behälter in zwei wohlgeordneten Reihen. Das Material schimmerte in hellem, metallischem Blau. Es gab keine Spuren einer

Beeinträchtigung. Die Kuben standen auf der Stelle, als hätten sie schon immer ihren Platz hier gehabt. Sie sahen aus wie das, was sie wohl auch waren: autarke Versorgungseinheiten, Lebens- und Überlebenstanks für die menschlichen Körper in ihrem Innern.

Wieder sah Jimm seinen Vater vor sich. Befand er sich in einem dieser Behälter? Er war versucht, an die Kuben heranzutreten und zu klopfen. An der Vorderseite mußte sich eine Öffnung befinden, die aber nicht zu sehen war. Es gab keine Nähte, die auf das Vorhandensein einer Tür hinwiesen.

»Balaton?« rief er. Es kam keine Antwort. Wie auch. Wenn sich Lebewesen im Innern dieser isoliert dastehenden Behälter befanden, dann konnten sie sich vermutlich nur über die Funkanlage von Delos bemerkbar machen.

»Hier hinten befindet sich ein Stutzen an jedem Behälter.« Tennessy winkte sie zu sich. »Es muß sich um die Energiezufuhr handeln. Wir dürfen keine Zeit mehr verlieren. Positronik?«

»Ich höre Sie, Mister Tennessy.«

»Wir brauchen die Energieleitungen für alle acht Kuben. Wo finden wir sie?«

Der Steuercomputer von Delos nannte die Anschlüsse und beschrieb den Ort im Materiallager, wo sie Verbindungsleitungen fanden. Sie rannten los, und über sein Funkgerät rief Gardener weitere Personen zur Unterstützung herbei. Fünf Minuten später legten sie bereits die Leitungen aus und bastelten an den Anschlüssen. Sie installierten zusätzliche Sicherungen im Leitungssystem dieses Bereichs von Delos, dann erprobten sie verschiedene Stecker und Kontakte aus, um die Kuben über deren Anschlußstutzen mit Energie zu versorgen. Zwanzig Minuten benötigten sie für die Vorarbeiten, und in dieser Zeit gab es keine weitere Wortmeldung des unbekannten Sprechers.

Jimm Forlan verrichtete Handlangerdienste. Bisher hatte er noch keinen Kurs in Elektrotechnik besucht, so daß er wenig von dem verstand, was getan werden mußte. Als endlich die letzte Meldung eintraf, daß alle Gruppen ihre Arbeiten beendet hatten, atmete er sichtlich auf.

»Wir beschicken die Kuben mit Energie«, sagte Gardener. »Zunächst beschränken wir uns auf geringe Mengen mit einer Standardspannung. Wir hoffen, daß es uns gelingt, dadurch in Kontakt mit den vermuteten Insassen zu treten.«

Er gab ein Signal. Ohne Zeitverzögerung floß Energie in die Stutzen und damit in die Kuben hinein. Gespannte Erwartung machte sich breit. Reichte die Energie aus, um wenigstens einen der Insassen zu retten?

Jimm Forlan kaute nervös auf der Unterlippe. Weder hatte er eine Ahnung, wie viele Dedicateds es in einer Stadt gab, noch wußte er, wie ihre Aufgabenbereiche verteilt waren. Handelte es sich bei den Kuben nur um jene, die sich noch rechtzeitig hatten retten können, weil sie droben in der Pyramide dem Boden und damit dem Schacht am nächsten waren? Wenn ja, dann standen die Chancen nicht besonders gut, daß sich in einem der Behälter sein Vater befand.

Ja, er schloß es sogar aus, und der Gedanke versetzte ihm einen Stich in der Herzgegend. Sein Puls flatterte sowieso, und am besten wäre es gewesen, er hätte sich hingelegt und sich längere Schlafphasen zur Erholung verpassen lassen.

Sie vernahmen leise Summgeräusche aus den Kuben, begleitet von einem Glucksen und Plätschern. Etwas ähnliches wie Orgeln klang auf, erzeugt von einem digitalen Instrument. Ein Sirren und Surren mischte sich hinein, und dann glaubten die Männer und Frauen in der Halle ein hohes Singen wie von einer weiblichen Stimme zu hören.

»Positronik an alle«, meldete sich das Steuergehirn von Delos. »Soeben findet eine Initialisierung von Systemen statt. Die Vorgänge werden dokumentiert und an mich weitergeleitet.«

»Zeichne sie auf. Nichts darf uns entgehen«, antwortete Gardener hastig.

»Das geschieht bereits. Ich erhalte aus einem der Kuben die Aufforderung, meine gesamte Kapazität zur Verfügung zu stellen.«

»Wer fordert dich auf?«

»Ein Name wird nicht genannt. Mit der Information über eine Oberste Instanz kann ich nichts anfangen.«

»Die Aufforderung wird abgelehnt. Es könnte der Versuch eines der Insassen sein, die Befehlsgewalt über Delos an sich zu reißen.«

»Verstanden, Sir. Ein solcher Versuch hätte die Aktivierung meines Selbstzerstörungsmechanismus' zur Folge. Das darf nicht geschehen. Ich leite die Kommunikation in eines der Nebensysteme um. Aus Sicherheitsgründen. Allerdings erhalte ich bereits jetzt einen Protest des Unbekannten.«

Der Plasmabiologe wandte sich an seine Mitarbeiter. »Verteilt euch. Haltet euch bereit, im Ernstfall die Kuben sofort wieder von der Energiezufuhr abzuschneiden.«

Sie stellten sich auf der Rückseite der Kuben auf, so daß sie sofort eingreifen konnten. Gardener nickte zufrieden.

»Du kannst dich jetzt wieder mit uns in Verbindung setzen«, sagte er zu dem Wesen, das sie um Hilfe angefleht hatte. »Was haben wir unter Oberster Instanz zu verstehen?«

»Tretet von dem zweiten Kubus links vorn zurück.« Es war eine harte, tiefe Stimme, die zu ihnen sprach. Sie klang befehlsgewohnt. »Ich öffne die äußere Schale.«

Sie vergrößerten den Kreis. Gleichzeitig bildeten sich an den Kanten des Kubus Risse. Es entstanden Spalten, im nächsten Moment fielen die Wände zur Seite, rutschte die Oberseite des Gebildes herab und schepperte auf den

Boden. Das Innere des Behälters wurde sichtbar, aber es glich in keiner Weise dem, wie Jimm Forlan es in Erinnerung hatte. Goldenes Metall schimmerte ihnen entgegen, überdacht vom blauen Leuchten eines energetischen Schutzschirms. Das Innere hinter dem Schirm wirkte milchig und verschwommen. Nichts ließ sich darin erkennen.

»Die Oberste Instanz ist der Regent selbst«, klang die Stimme auf, diesmal um einiges lauter. »Vor euch seht ihr das Haus des Regenten eurer Stadt. Seht ihr jetzt ein, daß euer Verhalten falsch ist?«

»Vielleicht.« Diesmal war es Noger Tennessy, der sprach. »Wenn du wirklich der Regent bist und keine seelenlose Maschine, dann zeig dich.«

Jimm Forlan folgte der Unterhaltung mit wachsender Unruhe. Er schob sich neben den Captain und flüsterte ihm etwas ins Ohr. Tennessy schlug sich an die Stirn und gab den anderen einen Wink, die Halle zu verlassen. Er selbst suchte die Rückseite der goldenen Gondel auf und stellte sich so, daß er die Verbindung des Kabels mit dem Stutzen ohne Probleme erreichen konnte.

»Sag's ihm selbst«, forderte der Captain seinen Adjutanten auf.

»Der Regent kann sich nicht zeigen. Denn er ist nicht hier.«

In kurzen Sätzen schilderte er die Beobachtung, die sie gemacht hatten, als sie zur Cheopis geflohen waren. Er schilderte den Alarmstart der Gondel, die die Stadt verlassen hatte.

»Der Regent ist geflohen, folglich kann er nicht unter uns weilen.«

Das Summen in den umstehenden Behältern wurde lauter. Es führte dazu, daß die Gondel reagierte. Wer auch immer sich in ihrem Innern befand, wirkte auf die Kuben ein.

»Spannungsabfall in den Kuben«, meldete die Positronik. »Deren Aggregate werden durch magnetische Felder gestört. Mit einer Vernichtung ist zu rechnen.«

Die drei Männer erstarrten.

»Tennessy!« Gardener schrie es und warf ihm an der Gondel vorbei etwas zu. Der Captain fing es auf und schaltete es ein. Ein greller Energiestrahl stach zu Boden und durchschnitt die Zuleitung zu dem offenen Kubus. Ein Schrei klang auf, hoch und schrill. Diesmal hörten sie wieder die helle Stimme, die um Hilfe gebeten hatte.

»Ich werde euch töten. Ihr stellt euch gegen den Regenten.«

Eine Sirene heulte auf, während die drei fluchtartig die Halle verließen. Niemand hinderte sie. Aus der Deckung der Tür gab Tennessy einen zweiten Schuß auf die Gondel ab. Die Energie fräste ein Loch in das weiche Material. Ein zweiter Schrei klang auf, diesmal überlagert von einer anderen Stimme.

»Hier spricht Dedicated Winslow. Das Wesen in der Gondel hat versucht, unsere Gehirne zum Absterben zu bringen. Vernichten Sie es! Es handelt sich um die Zweite Instanz, nicht um die Erste.«

»Was bedeutet das?« schrie Gardener in die Halle.

»Es ist der Ersatz-Regent gemäß dem ursprünglichen Programm, wonach alle Systeme mindestens doppelt ausgelegt sein müssen. Er versucht, die Macht an sich zu reißen und uns zu töten. Ein Wesen wie er braucht immer ein System, das er beherrschen kann.«

Gardener verschwand und kehrte nach einiger Zeit mit drei Männern und schweren Waffen zurück. Sie postierten sie in der offenen Tür.

»Jetzt zeig dich«, verlangte der Wissenschaftler. »Wer bist du, du Zweite Instanz?«

Die Gondel begann zu schießen, aber zu mehr als einem dünnen Strahl reichte es nicht. Der Strahl traf die Wand neben der Tür und erzeugte eine schwarze Spur auf dem Material.

»Helft mir! Ihr dürft die Energie nicht wegnehmen. Ich bin der Regent. Glaubt nicht den wahnsinnig gewordenen Bewußtseinen der Dedicateds. Ihr Ausfall war zu erwarten. Immer wieder geschieht so etwas. Nur der Regent ist über diese Dinge erhaben. Die Erste Instanz ist geflohen. Die Zweite Instanz hat ein Anrecht auf die Herrschaft.«

»Korrektur. Es liegt eine Fehleinschätzung vor.« Die Positronik von Delos zeigte, daß sie alles genau mitverfolgte und Herr über die Situation war. »Bovendern existiert nicht mehr. Es gibt nichts, worüber die Zweite Instanz herrschen könnte. Und der Herrscher über Delos bin ich, die Hauptpositronik. Verzeihen Sie, Mister Gardener, aber mit diesem Wesen kann man offensichtlich nicht anders reden.«

Während der Aussagen des Computers hörte die Zweite Instanz nicht auf, mit heller Stimme um Hilfe zu rufen und den Menschen ins Gewissen zu reden. Gardener gab einen zweiten Schuß auf die Gondel ab. Diesmal schien er empfindliche Teile im Innern getroffen zu haben; der bläuliche Schirm begann zu flackern und brach schließlich zusammen. Ein Knistern lief über die Oberfläche des Gefährts, und sie vernahmen ein leises Schluchzen und Winseln.

»Ich gehe allein.« Der Plasmabiologe nahm sich von Tennessy den Handstrahler und betrat die Halle. »Wenn du auf mich schießt, vernichten wir dich endgültig.«

»Nein, nein«, jammerte die Kinderstimme. »Die Gondel ist beschädigt. Sie kann mich nicht mehr ernähren. Es ist aus. Keine Überlebenschance.«

Etwas bewegte sich in der Gondel. Erst sah es aus wie ein Ballon, dann sahen sie, daß es ein Körper war, überzogen von gelber Haut und einem Netz aus roten Äderchen. Er schob sich in die Höhe, kippte langsam über den Rand und blieb dann hängen.

»Positronik, Seuchenmessung!«

»Keine Werte. In der Gondel herrschte übrigens derselbe Luftdruck und dieselbe Atmosphäre wie in Delos.«

Einer von Gardeners Männern stieß einen Schrei aus. Mit zitterndem Arm deutete er auf die Gondel. Dort hing noch immer der unförmige Körper. An seinem unteren Ende zappelten Gliedmaßen, schmal und zerbrechlich.

»Helft! So helft doch!« Das dünne Stimmchen war kaum zu vernehmen.

Jimm Forlan stürmte an Gardener vorbei. Als erster erreichte er die Gondel und griff nach dem Wesen. Er streckte die Hände nach ihm aus und faßte es vorsichtig an. Die gelbe Haut spannte, und in den roten Adern pulsierte heftig das Blut. Jimm zog ein bißchen und schob, drückte den Körper gegen die Wandung der Gondel und ließ ihn langsam nach unten gleiten. Das zappelnde Anhängsel folgte und blieb fest mit dem Körper verbunden.

Etwas stimmte nicht. Jimm mußte mehrmals hinsehen, ehe er es begriff. Das, was er bisher als Körper angesehen hatte, war der Kopf. Bei dem zappelnden Anhängsel handelte es sich um den eigentlichen Körper sowie Arme und Beine.

Das Wesen war ein Mensch, aber es hatte nichts mit denen gemeinsam, die es jetzt umringten. Rumpf und Extremitäten entsprachen in Größe und Proportionen denen eines Säuglings. Der Schädel übertraf den Rumpf in Länge und Ausdehnung. Vorn, am unteren Ende des riesigen Knochengebildes, saß das Gesicht, klein und unschuldig.

»Ein Mutant.« Gardener ging vor dem Wesen in die Hocke, das jetzt an die Gondel gelehnt dasaß und ihn aus großen Augen ansah. »Das ist eine Mutation.«

»Repariert mein Lebenssystem. Ich werde es euch danken.« Das dünne Stimmchen versuchte, an Kraft und Überzeugung zuzulegen. »Das Sprechen ohne Verstärker kostet mich sehr viel Mühe. Ich brauche meinen Nahrungsbrei, um zu überleben. Bitte helft mir, tut mir kein Leid an.«

Der Schock machte die Menschen stumm. Jimm spürte die Hilflosigkeit dieses Wesens besonders intensiv, ein wenig erinnerte es ihn an Maran. Der Stumme hatte auf ihn eine ähnliche Wirkung erzeugt.

»Wir tun dir nichts. Wir werden auch versuchen, deine Gondel zu reparieren, damit du am Leben bleibst. Zuvor jedoch werden wir alle Systeme entfernen, mit denen du nach der Herrschaft über Delos streben könntest.«

Das winzige Wesen versuchte sich aufzurichten und nach Gardener zu schlagen. Dieser wich ein paar Zentimeter zurück und stieß die Luft durch die Zähne.

»Jetzt zeigst du dein wahres Gesicht. Du setzt deine äußere Erscheinung psychologisch geschickt ein, aber das wird dir nichts mehr nützen. Wenn wir uns ernsthaft durch dich bedroht fühlen, dann werden wir deine Gondel zerstören. Willst du das?«

»Nein.«

»Gut. Wer bist du wirklich? Stammst du von Menschen ab? Wie viele deiner Art gibt es?«

Das Wesen gab keine Antwort. Es schloß die Augen und stellte sich tot. Auf weitere Kontaktversuche reagierte es nicht mehr.

»Es ist zu schwach und sammelt Kraft«, vermutete Jimm.

»Kann sein, kann aber auch nicht sein«, meinte der Plasmabiologe.

Die Antwort auf einen Teil ihrer Fragen erhielten sie von anderer Seite. An einem der Kuben bildete sich eine Öffnung, und sie hörten die kräftige Männerstimme von vorhin. Dedicated Winslow bat sie zu einem Gespräch. Zu sechst betraten sie den Kubus. Jimm blieb draußen. Noger Tennessy vermutete zurecht, daß der junge Forlan den erneuten Anblick eines Dedicateds nicht verkraften würde.

Jimm nutzte die Gelegenheit, einen Blick in die Gondel zu werfen. Die Anordnung der Instrumente war auf den winzigen Körper ausgerichtet, und die vielen Knöpfe und kleinen Kippschalter ließen keine Rückschlüsse auf die Funktionen zu, die damit bedient wurden.

Der Mutant wirkte noch immer hilflos. Sein kleiner Körper vermochte den riesigen Kopf kaum zu tragen. Der Atem ging ohne die Systeme der Gondel hektisch und unter starker Geräuschentwicklung. Das Luftholen strengte die Zweite Instanz sichtlich an.

Die Worte Winslows drangen bis zur Gondel, so daß auch der Ersatzregent sie hörte. Der Dedicated berichtete über die Flucht des Regenten und die Unruhe unter den Zurückgebliebenen. Der Ersatzregent erwachte danach automatisch aus seinem Schlaf und griff nach der Macht. Schnell erkannte er, daß die Cheopis und damit auch seine Existenz dem Untergang geweiht waren. Er ließ einen der Kuben räumen, verurteilte den betroffenen Dedicated damit zum Tod und landete mit der Gondel darin. Zusammen mit den übrigen Dedicateds entkam er durch den Schacht.

Ihre Rettung verdankten sie aber nicht ihm, sondern Dedicated Forlan, der die Flucht organisiert hatte.

»Mein Vater!« rief Jimm. »Wo ist er? Wo habt ihr ihn zuletzt gesehen? War er in diesem Kubus hier?«

Winslow mußte ihn hören, aber er überging die Frage und wechselte das Thema.

»Die Regenten führen ihre Existenz auf die Zeit kurz nach der Landung der ersten Siedler zurück. Damals wurde ein Kind geboren, das so aussah wie das Wesen aus der Gondel. Wissenschaftler erkannten seine Fähigkeiten und entwickelten sie entsprechend. Zu spät merkten sie, daß sie sich viel zu sehr von der Intelligenz dieses Mutanten beeinflussen ließen. Eine gewisse suggestive Kraft ist nicht auszuschließen. Der Mutant ließ von sich Klone anfertigen, zunächst zwanzig, die alle in Brutkammern heranwuchsen. Er impfte sie mit seinem Wissen und machte sie zu Regenten über weitere Städte. Auf diese Weise entstand das System der Regentschaften auf Marvon, dessen Hintergründe die Bevölkerung nie erfuhr und die auch den Dedicateds nur über bestimmte, gesicherte Speicher zugänglich war. Mit der Installierung der Regentschaften erfolgte die einseitige Ausrichtung auf die Biogenetik und verwandte Wissenschaftszweige. Jetzt aber herrschen andere Verhältnisse auf Marvon. Es wird nie mehr Regentschaften geben, und die Flucht der Regenten in die Orbitstationen ist nur ein Ausweichen vor dem unweigerlichen Schicksal. Daß die Bevölkerung der Städte nie etwas von den Hintergründen erfuhr, liegt im System begründet. Noch nie hat es einen Fall gegeben, daß ein Dedicated zu seiner Familie zurückkehrte. Die meisten starben durch Überlastung des Gehirns ab. Manche wurden einfach nur wahnsinnig. Andere, deren Verarbeitungskapazität nachließ, lebten mit gelöschter Erinnerung in Gestalt von Androiden weiter. Gleichsam zur Belohnung. All dies geht jetzt zu Ende. Wir Dedicateds sind nur noch uns selbst verantwortlich, und die meisten von uns haben sich dafür entschieden, ein Leben fern von diesem Planeten zu führen. Falls das möglich ist.«

»Bisher nicht.« Leob Gardener bedauerte außerordentlich. »Durch die frühzeitige Vernichtung der Hyperfunkantenne im Felsengebirge wurde uns die Möglichkeit genommen, einen Hilferuf ins All und ans Solare Imperium zu senden. Wie die Entwicklung weitergeht, wissen wir nicht. Da Delos von den späteren Erbauern Bovenderns funktechnisch und energetisch isoliert wurde, kann die Positronik lediglich mit minimaler Leistung und einem Radius von ein paar Kilometern senden und empfangen. Zu wenig, um mit der anderen Seite des Planeten Kontakt aufzunehmen. In dieser Beziehung wünschen wir uns die Hilfe der Dedicateds.«

Winslows Antwort führte ihnen endgültig die Aussichtslosigkeit aller ihrer Bemühungen vor Augen.

»Die Behälter, in denen wir existieren, sind nicht für Externfunk eingerichtet. Wenn, dann besitzt nur die Gondel des Ersatzregenten eine solche Möglichkeit.«

Sie würden es nie mehr erfahren. Ein Schrei Jimms rief sie hinaus in die Halle.

Der Mutant lehnte an seinem Fahrzeug. Er hatte aufgehört zu atmen, und sein Kopf verfärbte sich dunkel. Das Blut floß nicht mehr in den Äderchen. Dafür tropfte es aus den winzigen, kaum sichtbaren Nasenlöchern.

Die Zweite Instanz Bovenderns war tot.

Die Spannung im Kontrollraum stieg. Alle Bildschirme zeigten den Behälter in der kleinen Halle im Außenbereich von Delos. Die Positronik schirmte den Raum mit Hilfe technischer Einrichtungen ab. Niemand erhielt Zutritt. Die Untersuchung blieb den Automaten vorbehalten. Als zusätzliche Sicherheitsvorkehrung stand ein von Robotern angefertigter Steinbottich bereit, den Inhalt des Behälters aufzunehmen und die Anlagen zu schützen.

»Wir beginnen mit dem Experiment«, informierte Leob Gardener die Bewohner der Anlage. »Von außen droht uns keine Gefahr. Wir können uns voll auf die Untersuchung der Substanz konzentrieren.«

Die Steinplatten und das Geröll in den Außenbereichen hielten den roten Brei noch immer fern. Die Eingänge zu der alten Stadt hielten.

Ein Greifarm eines der Automaten fuhr in Position. Gardener gab das Kommando zum Beginn der Untersuchung. Der Greifarm öffnete den Transportbehälter und flanschte sich mit einem Saugnapf an den steinernen Deckel an. Empfindliche Sensoren gruppierten sich über der Öffnung und warteten darauf, daß winzige Mengen von Gas entwichen. Der Greifarm hob den Steindeckel des inneren Gefäßes empor und prüfte ihn. Auf der

Unterseite fanden sich keine Rückstände des roten Breis. Gardener hatte ihn so sorgsam transportiert, daß es zu keiner Verschmutzung gekommen war.

»Die übliche Menge Kohlendioxid. Sonst nichts.« Der Wissenschaftler deutete auf den Monitor, der die Ergebnisse der Messungen anzeigte. »Wenn das kein Zeichen von Harmlosigkeit ist? Aber warten wir es ab. Bitte berücksichtigen Sie, daß die Substanz teilweise verunreinigt ist und leichtere Metalle und andere Stoffe der Stadt Bovendern beinhaltet. Da wir von der Oberfläche abgeschöpft haben, sind keine Schwermetalle enthalten. Diese sinken bekanntlich schnell bis auf den Grund eines Behälters. Sehen Sie selbst.«

In ähnlichen Fällen hätten jetzt Instrumente Proben aus dem Steinbehälter entnommen und untersucht. In diesem Fall wußte jeder, daß ein solches Vorgehen außerhalb der Möglichkeiten lag. Zwei Rollwagen schoben sich ins Bild. Auf ihnen hatten die Männer und Frauen des Überlebens-Teams, wie sie sich gern nannten, die entsprechenden Geräte befestigt. Erste Schwenkarme bewegten sich über den Behälter. Grelles Licht flammte auf, die Aufnahmeoptik eines Mikroskops trat in Aktion und übertrug erste Bilder in den Kontrollraum.

»Die Substanz ist nicht völlig rot, wie man in der Vergrößerung sieht. Sie besitzt schwarze Punkte. Ein Sprenkelmuster, wenn Sie so wollen.« Der Plasmabiologe war ganz in seinem Element. »Die Oberflächenspannung ist sehr hoch, liegt um ein Mehrfaches über der von herkömmlichen Stoffen wie etwa Quecksilber. Daher rührt die zunächst tropfenähnliche Gestalt der Blasen. Ein zweites Merkmal ist ihre Flugfähigkeit. Durch die hohe Oberflächenspannung binden die Blasen eine große Menge Gas in sich. Bisher konnten wir nur feststellen, daß der rote Brei Kohlendioxid absondert. Wenn der Stoffwechsel ähnlich wie bei fasergebundenen Pflanzen funktioniert, dann drängt sich die Vermutung auf, daß hier Sauerstoff ein- und Kohlendioxid ausgeatmet wird. Eine Umkehrung der von Pflanzen gewohnten Funktionsweise.«

»Sie meinen, es handelt sich um pflanzliche Stoffe?« fragte Captain Tennessy.

»Vorläufig bleibt es eine Vermutung. Erinnern Sie sich an die blütenähnlichen Gebilde, die Sie gesehen haben, als das Verderben über die Stadt kam? Es stehen uns keine zur Verfügung, aber es liegt allein aufgrund ihres Aussehens nahe, daß es pflanzliche Gebilde sind, die in der Atmosphäre des Planeten treiben. Sie produzieren diese Blasen am laufenden Band und tragen somit zur raschen Verbreitung ihres Grundstoffes mit. Was draußen auf der Oberfläche als Brei herumliegt und sich langsam verfestigt, sind die Samen dieser Blüten. Aus ihnen entstehen unter bestimmten Voraussetzungen neue Pflanzen. Ob sie ebenso leicht sind und bei feuchtem, schwülem Wetter fliegen wie die ersten oder ob sie sich am Boden ansiedeln, bleibt abzuwarten.«

»Was sind das für Voraussetzungen?« erkundigte sich Jimm. Er verstand nicht viel vom Vortrag des Wissenschaftlers. Mit seinen Gedanken weilte er zudem mehr bei den Kuben und der Frage, ob sich sein Vater hier unten befand.

»Sauerstoff. Bisher einzig und allein Sauerstoff. Wenn sich diese Pflanzen über den gesamten Planeten ausbreiten, haben sie in etwa hundert Jahren allen Sauerstoff der Atmosphäre in Kohlendioxid umgewandelt. Der Vorgang läuft unter der Einwirkung des Sonnenlichts ab wie bei einer herkömmlichen Photosynthese.«

»Das heißt, nach hundert Jahren sterben diese Organismen ab, weil kein Sauerstoff mehr zur Verfügung steht.«

Gardener bedachte seinen Mitarbeiter mit einem strafenden Blick.

»Joras, solche Organismen sind wohl ohne weiteres in der Lage, sich parallel zur Veränderung der Atmosphäre anzupassen. Sie verändern sich und atmen dann nur noch

Kohlendioxid ein wie herkömmliche Pflanzen. Das heißt aber nicht, daß sie dann zum Ausgleich wieder Sauerstoff produzieren. Es steht jedoch ziemlich sicher fest, daß Marvons Atmosphäre in zirka hundert Jahren keinen Sauerstoff mehr enthalten wird. Bitte jetzt die mikroskopischen Feinuntersuchungen.«

Sie bestätigten die Vermutungen des Wissenschaftlers. Die molekulare Struktur erinnerte an die von Arabos-Pflanzen, wie sie auf Marvon wuchsen. Allerdings besaß sie eine Komponente, die Rätsel aufgab und nur ganz wenige Erklärungen erlaubte. Gardener dachte an das, was er von Tennessy und Jimm Forlan über die Aussagen des Dedicated Forlan gehört hatte. Daß es sich vermutlich um die Ergebnisse früherer biogenetischer Experimente handelte, die außer Kontrolle geraten waren. Wenn, dann war es ganz zu Anfang geschehen, in den ersten hundert oder hundertfünfzig Jahren. Schade, daß sie die Zweite Instanz Bovenderns nicht mehr befragen konnten.

»Die ganze Struktur der Blasen läßt einen vagen Rückschluß auf die Blüten zu«, schloß Gardener seine Erkenntnisse. »Die Blasen sind gewissermaßen ins Riesenhafte vergrößerte Samenpollen, die der Wind über das Land verteilt. Damit sie und auch die Blüten selbst fliegen können, müssen ein ganz bestimmter Luftdruck und eine bestimmte Luftfeuchtigkeit vorhanden sein, ebenso hohe Temperaturen. Alle diese Faktoren treten auf Marvon nur in Abständen von Hunderten von Jahren in dieser Intensität auf, und diesmal war es so weit. Das beste wird sein, ich schaffe den Behälter wieder nach oben und kippe das Zeug dahin, wo es hingehört. In Delos stellt es eine zu große Gefahr für die Anlagen und die Bewohner dar.«

»Irgendeinen Grund müssen die Regenten oder unsere Vorfahren damals für Experimente dieser Art gehabt haben.« Tennessy blickte den Plasmabiologen durchdringend an. »Sagen Sie mir, wenn ich falsch liege. Kann es sich um Versuche gehandelt haben, die einheimischen Pflanzen an die Bedürfnisse der Menschen anzupassen?«

»Vermutlich haben Sie recht. Doch es nützt uns nichts, Captain. Wir besitzen keine Möglichkeiten, gegen die Blasen anzugehen. Wir sind ja nicht einmal in der Lage, die Gondel der toten Zweiten Instanz zu bedienen. Bitte nehmen Sie es mir nicht übel, meine Damen und Herren. Unter anderen Umständen träfe es besser zu, aber ich will es trotzdem so formulieren: Wir können einpacken.«

Das Ergebnis der Untersuchung führte nicht gerade dazu, daß sich die Stimmung in Delos verbesserte. Also sahen sie zu, daß sie das Teufelszeug so schnell wie möglich loswurden.

8.

Die Androiden marschierten zwischen den Reihen der Gleiter entlang und musterten die Insassen. Jedem Piloten stellten sie Fragen, knapp und kurz, und ihren Gesichtern wohnte eine gewisse Strenge inne, ohne die kein reibungsloser Ablauf möglich gewesen wäre.

»Name? Zahl der Begleiter?«

»Dorolfina Forlan, vier Kinder, zwei Großväter. Der Gleiter hinter uns mit drei Tanten, vier Neffen und Nichten gehört zu uns.«

»Danke. Sie waren bisher wohnhaft in Bovendern, Weststadt. Beschreiben Sie in kurzen Worten Ihren bisherigen Weg.«

»Flug bis Anderton, dort eine Parkbahn und Weiterleitung nach Dudelange. Sieben Tage Aufenthalt und Flug nach Feyenaar. Von dort heute morgen direkt hierher.«

»Danke. Sie befinden sich in der Labrak-Ebene und sprechen mit Tatalung. Die kleine Stadt drüben am Hang heißt Fhalmaun. Ihre Position in der Gleiterhorde ist die dreitausendachthundertelf. Diese Zahl hat keine Bedeutung. Die Abfertigung erfolgt nach der Reisedauer. Wir möchten Ihnen weitere langwierige Reisen ersparen. Ihre Angaben wurden aufgezeichnet und überprüft. Sie sind die Frau eines Dedicated?«

»Ja.« Ihre Stimme vibrierte, und die Kinder im Fond wurden unruhig.

»Menschen aus Bovendern kommen unmittelbar nach denen aus Kryfaltar an die Reihe. Bitte haben Sie noch ein wenig Geduld.«

»Danke, Mister Tatalung. Wohin werden wir gebracht?«

»Nach den aktuellen Prognosen der Wettersatelliten

gibt es auf der Nordhalbkugel keine Region mehr, die nicht gefährdet ist. Auf der Südhalbkugel sieht die Lage besser aus. Die Autopiloten der beiden Gleiter haben von mir die Koordinaten der Stadt Isbarn erhalten. Bitte warten Sie auf das Startsignal und folgen Sie dem Leitsystem, das Sie hinauf in den Fernkorridor nach Süden bringt.«

»Ist gut. Nochmals vielen Dank.«

Ein kurzes Nicken, dann ging der Androide zum übernächsten Gleiter.

»Name? Zahl der Begleiter...«

So ging es bereits seit vier Tagen. In dieser Zeit hatten die Kunstwesen nichts anderes getan, als Gleiter abzufertigen. Androiden brauchten kein Essen, kein Wasser, keinen Schlaf. Ab und zu eine neue Batterie. Ohne sie wäre es in einer Situation wie der in der Ebene vor Fhalmaun längst zu einem Chaos gekommen.

Dorolfina wandte sich zu den Kindern um und lächelte ihnen aufmunternd zu. »Isbarn, das ist eine Stadt im Großen Südmeer. Dort gibt es viele Spielplätze.«

»Au fein«, lautete die Antwort. »Wir möchten aber wieder mit Jimm spielen. Wann kommt er zurück?«

»Bald. Es kann nicht mehr lange dauern.«

Sie wandte sich nach vorn und starrte auf die Armaturen des Fahrzeugs. Jimm. Balaton. Beide zählten zu denen, die bis zuletzt um das Überleben der Stadt gekämpft hatten. Jeder auf seine Weise. Die letzte Nachricht, die sie vom Office über den Verbleib ihres ältesten Sohnes erhalten hatte, lautete, daß er in Begleitung des Einsatzleiters Tennessy an den Netzen über der Oststadt arbeitete. Danach hatten sie fliehen müssen, und der Kontakt zu Bovendern war abgerissen.

Dorolfina Forlan drängte die Gedanken zur Seite. Sie ertrug es nicht. Auf ihrer Flucht hatten sie genug Unheil und Elend gesehen, zerstörte Landstriche, begraben unter einer roten Flüssigkeit. Städte, die schmolzen wie Blei in starker Hitze. Aus einer Flughöhe von fünftausend

Meter hatten sie die riesigen Heere der Blasen und über ihnen die fliegenden Blüten gesehen. Die Kinder wollten damit spielen. Sie ahnten nicht, was dann geschehen wäre.

Flucht! Wie lange dauerte das Warten denn noch? Eine Stunde verging, dann die nächste. Es gab nichts zu essen und zu trinken. Endlich, Talfor stand fast im Zenit, begann eine unbekannte Stimme zu ihr zu sprechen.

»Die Gleiter der Forlans bitte starten. Zehn Meter über dem Parkniveau werden Sie vom Leitstrahl erfaßt. Bitte rasch abheben.«

Sie aktivierte die Energiezufuhr und ließ den Gyro hochfahren. Im zweiten Fahrzeug hatte nach einem Tag Pause Lilimara das Steuer übernommen. Gleichzeitig mit ihren beiden Fahrzeugen starteten Hunderte anderer und fädelten sich mit Hilfe der Leitstrahlen in verschiedene Korridore und Flugebenen ein. Jetzt ging alles sehr zügig. Auch drüben bei der Stadt stiegen ganze Schwärme von Gleitern auf und entfernten sich in Richtung Süden.

Als sie die endgültige Flughöhe erreichten, sah Dorolfina auch den Grund. Weit im Nordwesten der Ebene quollen die ersten Ballungen über das Hügelland, hinterließen nichts außer der roten Flüssigkeit und näherten sich der Stadt.

Wie viele Stunden noch? Vielleicht änderte der Wind und verschonte die Stadt. Es wäre jedoch tödlich gewesen, darauf zu vertrauen.

Die beiden Gleiter wurden frühzeitig aus dem Leitstrahl entlassen und folgten ihrem Steuerprogramm, das sie ans Ziel führte. Bis zum Südmeer war es ein weiter Weg. Am frühen Nachmittag begannen die Kinder mit knurrenden Mägen einzuschlafen, da überquerten sie gerade mal den Äquator. Kurz vor Sonnenuntergang ließen sie das Äquatormeer hinter sich und überflogen den Kontinent Letio. Nach Einbruch der Dunkelheit erst gelangten sie an das Große Südmeer; der Automat des

Gleiters teilte mit, daß es bis zu den angegebenen Koordinaten noch gut zweitausend Kilometer waren. Die Energie in den beiden Speichern reichte für dreitausend, also lag ein problemloser Flug vor ihnen.

Dorolfina haßte Nachtflüge. Nur auf die Anzeigen der Armaturen angewiesen zu sein, bedeutete einen erheblichen Risikofaktor. Sie hielt daher die Augen offen, so lange sie konnte. Kurz vor Mitternacht schlief sie dann doch ein und erwachte erst, als der Automat sie zum wiederholten Mal ansprach.

»Wir erhalten eine Peilung von Isbarn. Außer uns befinden sich gut dreihundert weitere Gleiter auf dem Anflug. Bitte geben Sie Antwort.«

Sie tat es und wurde von einem Automaten der schwimmenden Stadt instruiert. Eine erfreuliche Nachricht immerhin gab es. Nach der Landung wurden sie mit warmem Essen und Getränken versorgt und durften die öffentlichen Reinigungsgebäude aufsuchen. Die Dauer ihres Aufenthalts allerdings konnte ihnen nicht genannt werden. Schlafen mußten sie im Gleiter.

Dorolfina weckte die Kinder und Großväter sowie die anderen Mitglieder der Familie.

»Schaut nach vorn. Dort taucht Isbarn auf, die schwimmende Stadt.«

Der Gleiter ging tiefer und fädelte sich in einen Anflugkorridor in dreihundert Metern Höhe ein.

Mitten im Ozean schaukelte im Rhythmus der Wellen eine riesige Lichterpracht. Wie Millionen Glühwürmchen sah es aus, ein riesiger Teppich, der in allen Farben leuchtete. Nicht nur in Rot. In einem solchen Fall hätte Dorolfina es sich tausendmal überlegt, ob sie landete. Aber hier handelte es sich nicht um die tödlichen Gebilde aus dem Felsengebirge, sondern um eine Stadt auf dem Ozean mit mehreren Kilometern Durchmesser und einer maximalen Höhe über dem Meeresspiegel von vierhundert Metern.

Die Automatik folgte dem Peilstrahl, und die beiden Gleiter gingen auf einem der Landeplätze nieder.

Scheinwerfer strahlten sie an. Wieder waren es Androiden, die für Ordnung sorgten und ihnen den Weg zur Imbißstube zeigten. Sie nahmen Nahrung und Flüssigkeit zu sich und stellten sich anschließend in die lange Reihe derer, die vor den öffentlichen Toiletten und Duschen warteten. Als sie endlich alle durchgeschleust waren und erfrischt zu ihren Gleitern zurückkehrten, hatte die Morgendämmerung begonnen.

Am vorderen Ende des Landeplatzes schimmerten sechs goldene Fahrzeuge, umgeben von Lafetten mit schußbereiten Geschützen. Androiden und uniformierte Männer und Frauen bewachten die seltsamen Fahrzeuge.

»Gehen Sie bitte weiter«, forderte ein Wachmann sie auf. »Das ist nichts für Kinder.«

»Es sind Gondeln der Regenten, nicht wahr?« fragte Dorolfina. »Was geht vor sich?«

»Die Dedicateds von Isbarn haben sich gegen den Regenten erhoben und ihn sowie fünf andere festgesetzt. Die Regenten werden für das Verderben verantwortlich gemacht, das Marvon überzieht.«

»Die Regenten! Das ist aber eine schwere Anschuldigung.«

»Die Dedicateds tun so etwas nicht, wenn sie keine Beweise haben. Bitte suchen Sie jetzt Ihre Gleiter auf.«

Sie folgten der Anweisung. Über das Funkgerät kamen jetzt laufend Berichte. In dieser einen Nacht waren über dreitausend Flüchtlinge auf der schwimmenden Stadt eingetroffen. Isbarn änderte ihren Kurs und driftete in Richtung Süden. Je mehr sie sich dem Polarkreis näherte, desto kälter wurde die Luft und damit weniger tragfähig. Die Gefahr, von der roten Flut überschwemmt zu werden, ließ sich damit auf ein Minimum herabsenken.

»Von Teilen der Nordhalbkugel werden umfassende Vernichtungen gemeldet. Ferngleiter fliegen Patrouille und suchen nach Überlebenden. Bisher wurden nur wenige gefunden, sie konnten zum Teil bereits gerettet werden. Zu einem Androiden im ehemaligen Waldland existierte eine kurze Verbindung. Dort gelang es den Bewohnern einer Siedlung, sich in einem Höhlensystem in Sicherheit zu bringen. Sie dürfen wir bei einer Evakuierung nicht vergessen.«

Dorolfina suchte eine Sprechverbindung mit dem Office.

»Warum gibt es bisher keine Hilfe von außen? Gehört unser Planet nicht zu den Kolonien des Solaren Imperiums? Warum reagiert man dort nicht?«

»Dort weiß man noch nichts von unserem Problem«, lautete die Antwort. »Das Felsengebirge ist die Geburtsstätte des Untergangs. Noch immer steigen dort riesige Horden von Blasen und Blüten auf. Ehe die Gefahr erkannt wurde, fiel die einzige Hyperfunkanlage des Planeten der Vernichtung zum Opfer. Gleichzeitig blockierten die Regenten alle verfügbaren Raumschiffe und brachten sie in Gebiete, die bereits von der Zerstörung bedroht wurden. Sie gaben auch den Befehl zum Abschuß der SOLEMNIS, die in der Atmosphäre verglühte. Dies wird von allen Dedicateds des Planeten als Verrat an unserer Zivilisation betrachtet. Daher das Vorgehen gegen die Regenten. Ein Teil konnte bereits dingfest gemacht werden. Leider sind die Erste und Zweite Instanz nur sehr schwer auseinanderzuhalten und nur von ganz wenigen Dedicateds zu identifizieren. Aus Zeitmangel wird manches auf später verschoben. Die Chemiker in den noch nicht betroffenen Städten suchen seit Tagen nach einem Mittel, das aus der Luft über die Blüten und Blasen gesprüht werden kann, damit sie sich auflösen. Es dauert von heute an ein, zwei Tage, bis die ersten Tests durchgeführt werden können. Bitte bewahren Sie Ruhe und halten Sie sich an die Anweisungen des Ordnungspersonals.«

Was blieb ihnen in ihrer Lage auch anderes übrig. Sie waren froh, erst einmal eine vorläufige Bleibe gefunden zu haben. Mehr als die nackte Haut hatten sie bei ihrer überstürzten Flucht sowieso nicht retten können.

9.

Acht Tage Delos bedeutete acht Tage in einem in sich geschlossenen Lebenskreislauf unter der Obhut einer alten Positronik, die hier vor über vierhundert Jahren errichtet worden war. Bei der Abschaltung und Einmottung der alten Stadt hatte man alle externen Energieleitungen gekappt. Delos verfügte folglich über einen Internfunk, auch Interkom genannt, sowie mehrere Funkgeräte für den Normalfunk, jedoch keine Verbindungen mehr zu den außerhalb des Felshügels angebrachten Antennen. Und diese hatten zu den ersten Opfern der roten Tränen gezählt.

Acht Tage lebten sie in der Landschaft unter der Oberfläche, in diesem Herbarium, das die Siedler einst mit hierher gebracht hatten, um die Annehmlichkeiten der alten Heimat auch in Zukunft zu genießen.

Für die Gefangenen unter Tage stellten die Pflanzen etwas Neues, Fremdes dar. Jimm Forlan verbrachte viele Stunden damit, die einzelnen Pflanzen zu studieren und mit einheimischen Gewächsen zu vergleichen, wie er sie aus der Zeit vor der Katastrophe kannte. Der Aufenthalt in der friedlichen Welt von Delos tat ihm gut, und seine Psyche stabilisierte sich allmählich.

Wenn Tennessy ihn manchmal mit einem prüfenden Blick musterte, dann entdeckte er dennoch die Unruhe und Fahrigkeit des jungen Erwachsenen. Seine Gedanken weilten bei den Kuben und der Frage, ob sich in einem davon nicht doch sein Vater aufhielt.

Winslow schwieg seit den Vorgängen um die Zweite Instanz. Auch die anderen Dedicateds meldeten sich nicht. Lediglich die Anzeigen an den Zuleitungen bewiesen, daß sich innerhalb der Behälter energetische Vorgänge abspielten. Der Energieverbrauch wies beträchtliche Werte auf, und die Positronik erstellte eine Hochrechnung. Bei konstantem Verbrauch würden der alten Stadt nach viereinhalb Monaten die Reserven ausgehen. Eine Möglichkeit, Energie von außen zu beziehen, existierte nicht.

Viereinhalb Monate stellten je nach Anschauung einen kurzen oder einen langen Zeitraum dar. Für Menschen, die keinen anderen Platz auf diesem Planeten wußten, wo sie hätten überleben können, war es verdammt kurz.

Am neunten Tag suchte Leob Gardener Jimm auf. Er brachte einen umfangreichen Computerausdruck mit. Dieser beinhaltete den genauen Lageplan und die Bedeutung der einzelnen Pflanzen.

»Diese Landschaft wurde im Hangar eines Schiffes am Stück transportiert«, gab der Plasmabiologe sein Wissen weiter. »Um sie herum wurde danach Delos gebaut. Der Vorgang ist Hintergrund der Sage, daß die alte und verschollene Stadt Delos einst vom Himmel fiel. Aus welchen Gründen auch immer finden sich in den Speichern unserer heutigen Welt keine Aufzeichnungen mehr darüber. Ohne die Hintergründe zu kennen, würde ich sagen, daß die Regenten ebenso für die Löschung verantwortlich sind, wie für viele andere Dinge. Der Gedanke, daß die Bewohner der Städte nur existierten, weil die Regenten es für sinnvoll hielten, Herrscher über ein kleines Volk zu sein, verursacht mir Magendrücken. Was wäre aus uns geworden, wenn sie plötzlich kein Interesse mehr an uns gezeigt hätten?«

Tennessy und drei weitere Überlebende gesellten sich zu ihnen, und sie diskutierten das Thema unter allen Aspekten durch.

»Es erging uns vielleicht ähnlich wie heute«, meinte der Captain. »Mit dem Unterschied, daß die Regenten nicht vom Untergang betroffen sind. Aber das sind sie so ja ebensowenig, wenn ich es richtig sehe. Die Ersten Instanzen haben sich in Sicherheit gebracht. Vielleicht gibt es irgendwo ein Versteck mit einem fernflugtauglichen Raumschiff. Wie viele Schiffe sind eigentlich in den Orbit gebracht worden, bevor die Katastrophe über sie hereinbrach?«

Niemand wußte es. Also pflückten sie ein paar reife Orangen und trugen sie in die Küche, um sie zu Saft zu pressen. Sie aßen von den Vorräten und den Blattgemüsen, die Delos aus seinem eigenen Vorrat erzeugte. Die alte Stadt lieferte das Essen exakt auf den Energieverbrauch der einzelnen Menschen abgestimmt und auch nur das Minimum, das sie zum Überleben benötigten. So konnten sie die Mahlzeiten in dem Gedanken verzehren, daß sie auch noch in ein oder zwei Jahren hier sitzen und essen würden, wenn es ihnen gelang, die nötige Energie für den Betrieb zu erzeugen.

Erste Pläne spukten bereits in den Köpfen der Wissenschaftler. Sie dachten an eine Verkleidung des Felshügels mit Sonnenkollektoren und an Gewinnung von Sauerstoff und Energie aus dem Felsgestein tief unter der Station und unter der Ebene draußen. Vielleicht verfestigte sich der rote Brei draußen irgendwann, so daß man ihn abbauen und verbrennen oder wenigstens wegräumen konnte. In festem Zustand sahen die Chemiker unter den Flüchtlingen in Delos eine Chance, daß die Substanz einen Großteil ihrer Aggressivität und Fähigkeit zur Vernichtung einbüßte. Um einen Graben bis hinüber zum Waldland oder seinen Überresten und weiter bis zum Felsengebirge auszuheben und abzusichern, würden sie trotzdem Jahre benötigen.

Und jeder Regen würde die tödliche Flut wieder zum Leben erwecken, die Gräben füllen und alle ihre Bemühungen zunichte machen.

Am elften Tag feierte Noger Tennessy seinen vierundfünfzigsten Geburtstag. Er tat es still und ohne große innere Anteilnahme. Er ließ sich gratulieren und hielt eine kleine Rede, die ihnen allen ein wenig Mut machen sollte. Als Geburtstagsgeschenk gab es eine Frucht von einer Staude, die die Automaten vor vierzehn Monaten aus tiefgefrorenem Samen gewonnen und an einer besonders hellen und warmen Stelle in der Landschaft eingepflanzt hatten. Tennessy drehte sie ein wenig unschlüssig in den Händen hin und her. Die anderen am Tisch Versammelten schauten ihn an, als halte er ein Glückslos in den Händen und wisse nichts damit anzufangen.

»Soll wohl so eine Art Intelligenztest sein«, lachte er. »Wie bitte öffnet man diese Frucht?«

»Wenn Sie nichts dagegen haben, gebe ich Ihnen einen Hinweis«, meldete sich die Positronik. »Brechen Sie den kurzen Stiel zur Seite und ziehen Sie dann die Schale in Streifen nach unten. Sie erkennen eine Frucht von gelbweißer Farbe, die süßlich schmeckt und ganz hervorragend mundet. Der Name der Frucht lautet Banane.«

Die Männer und Frauen hingen mit ihren Blicken an seinen Händen. Er öffnete und schälte die Banane in der angegebenen Weise, und beinahe fiel sie ihm zu Boden.

»Beißen Sie ein Stück ab und lassen Sie es auf der Zunge vergehen«, fuhr die Positronik fort. »Ja, so ist es gut. Zufrieden?«

»Eine Delikatesse«, brachte Tennessy mühsam hervor. Er hatte ein ziemlich großes Stück im Mund stecken und kaute genußvoll. »Ihr wißt gar nicht, was euch entgeht.«

»Täuschen Sie sich nicht, Mister Tennessy. Allen liegt eine von mir gefertigte Analyse über Zuckergehalt, Nährstoffe und Geschmack vor.«

Noger Tennessy wandte sich in die Richtung um, in der er die Aufnahmeoptik der Positronik wußte.

»Um so schlimmer. Allein diese Frucht wäre es wert, für immer in der alten Stadt zu verweilen.«

»Dazu werden Sie wohl keine Gelegenheit mehr haben. Soeben erhalten wir Funkkontakt. In einer Höhe von etwa fünfhundert Metern kreist ein Ferngleiter der schwimmenden Stadt Isbarn vom Großen Südmeer. Die Maschine führt einen leistungsfähigen Sender an Bord, der die abschirmende Wirkung des Felsmassivs teilweise durchdringt. Ich habe die Anzahl der anwesenden Personen und Kuben genannt und um Unterstützung gebeten.«

Die Männer und Frauen saßen wie erstarrt.

»Ist das wahr?« Gardener fuhr auf und riß dabei fast seinen Stuhl um.

»Eine Positronik scherzt nicht«, belehrte ihn die Automatenstimme. »Soeben wird zugesagt, daß man uns ein Rettungskommando schicken wird. Es liegt in unserer Hand, alles zu tun, damit die Bergung der Menschen und der Dedicateds reibungslos vonstatten geht.«

»Frag den Piloten nach Hilfe von außen. Ist man in der Galaxis auf uns aufmerksam geworden?«

»Nein. Bisher weiß niemand von den Geschehnissen auf Marvon.«

»Und was ist mit den Raumschiffen, die Hilfe holen könnten?«

»Auf Befehl der Regenten wurden sie alle am Boden belassen; ein Schiff, das in den Orbit zu einer der Stationen flog, wurde vernichtet.«

»Diese Dreckskerle. Sie haben viel zu vertuschen, schätze ich. Egal. Wir müssen zuerst einmal an uns selbst denken. Wie sieht es aus mit den Tränen vom Himmel?«

»Sie überschwemmen den ganzen Planeten, und noch immer produziert das Felsengebirge Massen davon. Der Wind treibt sie in unterschiedliche Richtungen. Große Teile der Nordhalbkugel sind betroffen. Die Südhalbkugel hat bisher Glück gehabt. Noch wurde keine Möglichkeit gefunden, der Bedrohung Herr zu werden. Der Ferngleiter löst sich übrigens aus der Kreisbahn und setzt seinen Weg fort. Er gibt eine letzte Nachricht durch. Über der Gegend, wo früher das Waldland existierte, kam kurz Kontakt mit einem Androiden zustande. Auch dort gibt es Überlebende in Felshöhlen.«

»Gut. Grüß den Piloten von uns.« Gardener blickte in die Runde. »Alle Beschäftigungen sind einzustellen. Positronik, gib mir einen Lageplan und such den günstigsten Weg aus. Wir müssen einen Schacht in den Fels sprengen. Der Kamin reicht für uns, nicht aber für die Kuben der Dedicateds. Folglich brauchen wir einen zweiten Ausgang, der irgendwo in der Nähe des Kamins mündet und einen gefahrlosen Ausstieg ermöglicht.«

Mit einem Anflug von Galgenhumor wandte er sich an Tennessy. »Leider müssen Sie sich in Zukunft Ihre Bananen anderswo besorgen, werter Captain.«

Noger Tennessy zuckte mit den Achseln. »Es wird mir keine Zeit für solche Dinge bleiben. Ich freue mich schon auf den Zeitpunkt, an dem mir eine dieser Kreaturen von der Ersten Instanz zwischen die Finger gerät.«

Die Stimme des Dedicateds klang auf. »Wir stimmen mit Ihnen überein. Bitte tragen Sie Sorge, daß unsere Kuben möglichst kurz von der Energieversorgung getrennt bleiben.«

»Winslow. Ist alles in Ordnung? Was meinen Sie genau?«

»Wir befinden uns in einer Phase der Veränderung. Ein Energieausfall hätte schlimme Folgen für uns alle. Die Speicher können eine, maximal zwei Stunden auf Vollast weiterarbeiten. Auf keinen Fall länger. Wenn das Probleme macht, dann müssen Sie uns hier unten lassen, bis eine Möglichkeit besteht, uns gefahrlos abzuholen.«

»Wir kümmern uns darum.« Leob Gardener verließ den Tisch. »Den Schacht brauchen wir auf alle Fälle. Meine Damen und Herren, an die Arbeit!«

Sie bildeten Gruppen zu jeweils vier Personen, alle in Schutzanzügen. Aus den Depots der alten Stadt verwendeten sie Sprengstoffe verschiedener Art sowie eine Lafette mit einem fest montierten Strahlengeschütz. Fieberhafte Erregung hatte sie alle ergriffen, sie drückte sich in der

Hast aus, mit der sie arbeiteten. Im Internfunk schloß sich eine Meldung nahtlos an die andere an.

»Gruppe eins fertig. Achtung, Zündung!«

Die alte Stadt begann zu zittern. Ein Grollen lief durch die Schächte und Korridore.

»Keine Vorkommnisse«, meldete die Positronik. »Die Sprengung hat den geforderten Grenzwert für die Sicherheit des Felsmassivs und der Stadt nicht überschritten.«

Wenn sie die Sprengungen zu stark ansetzten, bestand die Gefahr, daß sich in den Felsen Risse bildeten, durch die der tödliche Brei von oben her eindringen und Delos vernichten konnte.

»Gruppe drei und fünf bereit.«

Das Kommando kam, die Sprengungen folgten. Alte Multifunktionsroboter der Stadt standen bereit. Sie räumten den Schutt beiseite und beförderten ihn zu den vorausberechneten Stellen, die die Positronik als mögliche Schwachstellen einstufte. Dort wurde er aufgeschichtet für den Fall, daß die Stadt Material benötigte, um entstandene Risse zu füllen und sich so gegen das Eindringen der Flut zur Wehr zu setzen.

Langsam und beständig arbeiteten sich die Gruppen nach oben vor. Neue Sprengladungen wurden gesetzt, die Gruppen zogen sich in die Sicherheit von Delos zurück. Wieder krachte und donnerte es, polterten Gesteinsmassen in die Tiefe, wurden von den Maschinen weggeschafft.

Der so entstehende Schacht begann dicht neben dem Kamin und führte mit einer Abweichung von zweieinhalb Grad nach oben. Die Mündung befand sich nach der Berechnung im oberen Drittel des Felshangs an einer Stelle, die mehrere Abflachungen aufwies. Eine Plattform zur Landung von Gleitern mußte nicht erst neu geschaffen werden. Für die Verladung der Kuben reichte das Geländeprofil ohne weiteres aus.

»Ein Drittel haben wir«, hörten sie Gardener über Internfunk. »Die letzte Sprengung hat auf der einen Seite ein paar Felsen zuviel weggerissen. Dort gibt es lockeres Gestein. Wir setzen zunächst die Lafette mit dem Strahlengeschütz ein und korrigieren den Schacht mit dem Desintegrator. Lafette bereit?«

Die Bestätigung traf ein, der Einsatz begann. In der Zwischenzeit sortierten die einzelnen Gruppen ihre Sprengladungen und verständigten sich über den weiteren Einsatz der unterschiedlichen Mengen.

Der Desintegrator trieb den Schacht weitere zehn Meter empor. Erneut setzten mehrere Gruppen ihre Sprengladungen, doch Gardener war noch nicht zufrieden.

»Unser Zeitplan gerät durcheinander«, warnte er. »Wenn die Positronik einverstanden ist, verkürzen wir den Abstand zwischen den Sprengungen.«

Die Kontrollinstanz von Delos hatte keine Einwände. Dennoch stellte der Versuch ein zusätzliches Risiko dar. Sie wußten zu wenig über die exakte Beschaffenheit des Felsenhügels; in dieser Beziehung gab es keine vollständigen Datenspeicher.

Was sie insgeheim befürchtet hatten, trat ein. Bei der dritten Sprengung hielt das Grollen und Beben länger an als erwartet. Und es gab ein Nachbeben.

»Schnell einen Test! Wer ist am nächsten dran?«

»Hier Tennessy. Ich sehe es mir an.«

Der Captain verschwand nach oben und leuchtete mit einer starken Lampe in den neu entstandenen Abschnitt hinein.

»Ein Teil der Schachtwand ist in sich zusammengestürzt«, gab er durch. »Dahinter befindet sich ein Hohlraum. Verdammt noch mal, was ist das?«

Gardener reagierte sofort.

»Kommen Sie zurück. Wir schließen den Schacht, solange es noch geht. Wie groß ist das Leck?«

»Es ist kein Leck zu erkennen. Es dringt nichts von der gefährlichen Substanz ein. Hier oben ist etwas anderes.

Ich kann es bisher nicht genau ausmachen. Ich brauche einen stärkeren Scheinwerfer. Es sieht aus wie die Beine einer riesigen Spinne, könnte Metall sein. Ja, ich bin mir ziemlich sicher. Gardener, bringen Sie einen Roboter zum Wegräumen von Felsbrocken mit.«

Die Positronik von Delos konnte mit den Informationen nichts anfangen. Über einen Hohlraum unmittelbar oberhalb des ehemaligen Stadtzentrums war ihr nichts bekannt. Sie fand auch keine Hinweise darauf, daß eine frühere Information gelöscht worden war. Gardener wollte es nicht glauben, aber der Kommentar des Automaten war so nüchtern wie wahr.

»Was man mir nicht eingegeben hat, kann ich nicht wissen.«

Vier Maschinen begannen damit, das Geröll wegzuräumen. Im Licht ihrer Scheinwerfer kristallisierte sich langsam ein ziemlich großer Hohlraum heraus. Seine Innenwände reflektierten das Licht stärker, als es bei Felsgestein der Fall war.

Noger Tennessy klammerte sich an einen Vorsprung und kniff die Augen zusammen. Etwas ruhte in der Höhle. Etwas, von dessen Existenz sie bisher keine Ahnung gehabt hatten.

Die Räummaschinen nahmen Messungen vor und übermittelten die Werte an die Positronik. Sie schafften die letzten der weggesprengten Brocken zur Seite und zogen sich dann nach unten zurück. Die Lampen ließen sie in der Öffnung stehen.

Captain Tennessy hatte jetzt freien Zugang und freie Sicht. »Ihr werdet es nicht glauben«, ächzte er. »He, Gardener, kann es sein, daß sich die Luftzusammensetzung geändert hat? Daß ich unter Halluzinationen leide?«

»Was genau sehen Sie?«

»Drei Dutzend metallener Spinnenbeine unter einem kugelförmigen Rumpf. Um den Rumpf herum schlingt sich eine Art Wulst.«

»Sie haben heute zwar Geburtstag, aber zum Scherzen bin ich nicht aufgelegt. Warten Sie, gleich bin ich bei Ihnen.«

Begleitet von mehreren Wissenschaftlern stieg der Plasmabiologe herauf und arbeitete sich bis zu Tennessy vor. Sprachlos und mit offenem Mund starrte er auf die mit metallenen Platten ausgekleidete Höhle. Ihre Oberseite besaß eine Abplattung, und dort zeichnete sich das Rund eines Schleusenschotts ab.

»Ein Hangar«, stieß er schließlich hervor. »Ein Schiffshangar. Mensch, Tennessy, wissen Sie, was wir da entdeckt haben?«

»Ich gebe mir Mühe. Sicher wollen Sie sagen, daß dies eines der alten Schiffe aus der Zeit der Besiedlung Marvons ist. Sie dürften recht haben. Vermutlich gehen Ihre Gedanken auch in dieselbe Richtung wie meine. Dies ist ein Fernflugschiff. Es ist also anzunehmen, daß es über einen Hypersender verfügt.«

Die Kunde von dem Fund hatte sich inzwischen bei allen Gruppen verbreitet. Die Menschen sammelten sich am unteren Ende des Schachts und kamen nacheinander nach oben, um das Wunder zu bestaunen. Gardener und Tennessy betraten den Hangar und schritten unter das Schiff. Zwischen den Landestützen hindurch arbeiteten sie sich bis zur obligatorischen Bodenschleuse vor.

ATLANTIC QUEEN – Hauptschleuse, entzifferten sie die stark verblaßten Buchstaben.

»Gardener an Delos-Positronik. Bei dem Schiff handelt es sich um eine Hundert-Meter-Kugelzelle. Der Schiffsname lautet ATLANTIC QUEEN. Welche Angaben kannst du zu diesem Schiff machen?«

»ATLANTIC QUEEN. Leichter Kreuzer der Staaten-Klasse, Typ zwei für Explorereinsätze. Gesamthöhe mit ausgefahrenen Landestützen hundertvierundzwanzig Meter. Besatzung: Einundachtzig. Maximale Reichweite 12 Millionen Lichtjahre. Eigner ist die Regierung des

Solaren Imperiums, Standort Luna. Das Schiff wurde 2684 in Dienst gestellt und diente bis kurz vor der Ausmusterung als Zubringerschiff der Explorerflotte. Im Jahr 2705 ging es verloren. Niemand weiß, wo es abgeblieben ist. Die Besatzung gilt seither als verschollen.«

»Keine Angaben über einen Flug nach Marvon?«

»Nein, tut mir leid.«

Gardener schüttelte ungläubig den Kopf.

»Marvon wurde in den Jahren 2580 bis 2585 besiedelt. Das Verschwinden der ATLANTIC QUEEN kam also gut hundertzwanzig Jahre später. Das Schiff muß entführt und im Zentrum von Delos versteckt worden sein. Warum?«

Darauf wußte weder die Positronik noch einer der Anwesenden eine Antwort. Tennessy sagte: »Die Regenten. Was immer sie taten, es muß für die Besatzung des Schiffe schrecklich gewesen sein. Wer weiß. Vielleicht wurden sie zu Androiden umgeformt oder – noch schlimmer – zu Bosthos. Die Regenten haben die Daten nicht in die alte Positronik eingegeben oder sie nachträglich gelöscht. Was wir brauchen, ist ein Kode oder ein Schlüssel, mit dessen Hilfe wir in das Schiff gelangen.«

»Damit kann ich dienen«, versicherte die Delos-Positronik.

Sie schickte einen Roboter mit einem kastenförmigen Dekoder und einem der alten Programme hinauf zu ihnen. Gardener flanschte das Gerät an die leichte Wölbung der tief gelegenen Schleuse an. Der Dekoder tastete den Mechanismus der Schleuse ab, versuchte den schiffsinternen Kontroller anzusprechen und prüfte auf Sicherheitssysteme.

Alle drei Methoden lieferten ein negatives Ergebnis. Der Kontroller war stillgelegt oder defekt, ein Sicherheitssystem gab es nicht, und der Mechanismus wies keinerlei Energiefluß auf.

In einem solchen Fall half nur noch das Handrad. In

den Depots von Delos gab es mehrere davon. Eine Viertelstunde später setzten sie eines davon in die winzige Vertiefung außerhalb der Bodenschleuse ein und begannen zu drehen. Der alte Zahnradmechanismus ruckte ein wenig, doch die Schleuse glitt langsam zur Seite und gab einen ersten Blick in das Innere des Schiffes frei. Über der Bodenschleuse lag der Schleusenraum, und darüber folgte der zentrale Antigravschacht. Wie alle Anlagen des Schiffes war es abgeschaltet, aber es gab noch eine Metalleiter für Notfälle.

»Die Zentrale liegt bei diesem Modell mitschiffs. Sechzig Meter, die Ihnen keinerlei Probleme bereiten dürften. Bitte schalten Sie die Sonden Ihrer Anzüge ein.«

Gardener bestimmte vier Begleiter. Sie befolgten die Anweisung der Positronik, dann kletterten sie in die Schleuse und die Leiter hinauf. Die Detektoren der Sonden zeigten Reste der üblichen Atemluft an, über Jahrhunderte konserviert und gealtert. Von unten her wehte ein leichter Luftzug. Die Atemluft aus Delos begann das Schiff zu füllen.

So schnell es ging, hangelten sie sich an den Metallsprossen empor und standen nach knapp acht Minuten vor der offenen Tür der Steuerzentrale.

Gardener leuchtete hinein. Hier und in angrenzenden Räumen deutete nichts auf Mitglieder der ehemaligen Besatzung hin. »Wir sind oben«, sagte der Wissenschaftler in sein Funkgerät. »Ich brauche Informationen. Welche Terminals dienen welchem Zweck?«

Die Positronik von Delos gab Anweisungen. Augenblicke später flammte die Notbeleuchtung des Schiffes auf und hüllte die Zentrale in mattes Rotlicht. Ein paar Anzeigen erwachten zum Leben und zeigten den Pegelstand der Energiespeicher an. Tennessy las die Werte ab.

»Das reicht aus«, kommentierte Delos. »Mit diesen Energievorräten kann das Schiff monatelang im Dauerbetrieb einen Hyperfunkspruch senden.«

Gardener verlangte nach neuen Anweisungen. Er erfuhr, daß sich der Sender auch ohne die zeitraubende Inbetriebnahme der Hauptpositronik aktivieren ließ. Mit fliegenden Fingern und heftigem Atem betätigte er mehrere Schalter und Hebel. Automaten schalteten sich ein, ein Monitor erhellte sich.

GUTEN TAG. SIE BEDIENEN DEN HYPERSENDER. NENNEN SIE DEN ZIELORT ODER DIE UNGEFÄHRE RICHTUNG, IN DER DER FUNKSPRUCH GESENDET WERDEN SOLL.

Der Wissenschaftler beugte sich über die Schreibtastatur.

SOLSYSTEM ODER OLYMP, tippte er ein.

DANKE. SPRECHEN SIE JETZT DEN TEXT!

»Hier Planet Marvon, Plasmabiologe Leob Gardener. Wir rufen um Hilfe. Milliarden roter Blasen treiben durch die Atmosphäre unserer Welt und legen sich über die Städte und das Land. Sie lösen alles auf, vernichten alles Leben und jedes Gebäude. Wir rufen die Galaxis um Hilfe. Wir benötigen dringend Schiffe zur Evakuierung des gesamten Planeten. Achtung, dieser Notsender ist nur kurzzeitig besetzt und wird wieder geräumt. Kommen Sie ins Sonnensystem Talfor zum Planeten Marvon. Wir benötigen Hilfe. Es dauert nur noch Tage, bis unsere Welt und alle ihre Bewohner vernichtet sind.«

Die Positronik von Delos schaltete sich dazu und fügte auf akustischem Weg die Koordination des Sonnensystems an.

»Modus ›Dauersendung‹ aktivieren«, sagte Gardener zum Abschluß.

VERSTANDEN. DANKE FÜR IHREN AUFTRAG.

Der Bildschirm wurde dunkel, das Gerät schaltete sich automatisch ab.

»Die Sendung geht raus. Ich empfange die für Hyperfunkgespräche typischen Impulse«, vernahmen sie die Positronik in der alten Stadt.

»Sollte sich doch noch alles zum Guten wenden?« Gardeners Stimme vibrierte. »Noch vor einer Stunde hätte ich nicht damit gerechnet. Aber wozu Hoffnung? Wir werden nie mehr nach Marvon zurückkehren können. Nicht alle Überlebenden werden es schaffen, auf fremden Welten eine neue Existenz und Heimat zu finden. Viele werden entwurzelt sein und als menschliches Strandgut enden.« Sein Körper straffte sich. »Schnell hinab, hinaus aus diesem Schiff! Wir dürfen die Hände nicht in den Schoß legen. Bald werden Gleiter kommen und auf uns warten. Und die Kuben müssen hinaufgebracht werden. Laßt uns den Schacht zu Ende bringen.«

10.

»Sir, wir empfangen einen Notruf.«

»Gehen Sie der Sache sofort nach, Millerton. Woher kommt er?«

Der Offizier nannte die Koordinaten in der Southside der Galaxis. Dort gab es etwa zwanzig von Terra aus kolonisierte Planeten, offiziell alle autark.

Reginald Bull beugte sich über seinen Schreibtisch und gab etwas in das integrierte Terminal ein. Ein Bildschirm klappte aus der Tischfläche empor und erhellte sich.

»Marvon im Talfor-System. Nie gehört.«

»Aber Sie kennen Barton Upgrades, den Wirt der ›Goldenen Gans‹ auf ASTERO ZWEI.«

»Natürlich. Ein hervorragender Koch. Stammt er von dort?«

»Ja. Seine Speisekarte weist hauptsächlich marvonische Spezialitäten auf.«

»Das fiel mir eigentlich nie auf. Was ist auf dem Planeten los?«

Millerton sprudelte den Wortlaut des Notrufs hervor. Bully fuhr auf.

»Verdammt, warum sagen Sie mir das nicht gleich? Los, los! In einer halben Stunde befindet sich eine Flotte auf dem Weg.«

Millerton wurde blaß und wich in Richtung Tür zurück.

»Das ist...«, begann er. Bully bekam einen roten Kopf und kam hinter seinem Schreibtisch hervor.

»Neunundzwanzig Minuten«, brüllte er. »Dann habe ich die Vollzugsmeldung hier auf meinem Tisch. Raus jetzt! Beeilen Sie sich gefälligst.«

Da war Millerton schon draußen, und der Solarmarschall hörte, wie er vom nächsten Interkom aus Anweisungen an mehrere über dem Mars und in der Nähe der Plutobahn stationierten Einheiten der Explorerflotte gab. Bully selbst gab weitere Anweisungen an die Solare Flotte durch und kommandierte ein halbes Dutzend Fünfhundert-Meter-Schiffe zum Einsatz ab.

»Ich leite den Einsatz selbst«, sagte er nach einem mißmutigen Blick auf die Stapel von Akten und Computerausdrucken, die sich auf und neben seinem Schreibtisch stapelten. »Positronik?«

»Hier Leitzentrale Imperium Alpha. Sie haben einen Wunsch, Mister Bull?«

»Eine Transmitterbrücke über Mars und Titan zur GALILEI. Sofort!«

»Die Brücke steht in knapp zehn Minuten zur Verfügung. Bitte begeben Sie sich zum Anschluß Delta zwölf-acht-siebzehn und warten Sie dort.«

»Danke.«

Er suchte die Hygienezelle auf und kämmte sich sein rotes Bürstenhaar. Nach einem letzten, intensiven Blick in den Spiegel machte er sich auf den Weg zu dem Anschluß. Er lag ganz in der Nähe. Bully kannte den Weg im Schlaf. Da er es haßte, herumstehen und warten zu müssen, schritt er gemächlich aus und erweckte mehr den Eindruck eines Schlafwandlers als eines Mannes, der sich gerade auf dem Weg zu einem Einsatz befand, bei dem es darum ging, die Bevölkerung eines ganzen Planeten zu retten.

»Marvon also.« Er murmelte den Namen vor sich hin und überlegte, in welchem Zusammenhang er ihn schon einmal gehört hatte. Schließlich, als er unmittelbar vor der Tür zum Transmitterraum stand und er die Schriftzeichen auf der Türfläche anstarrte, fiel es ihm ein.

»Biogenetik, das ist es. Die Marvoner glänzten früher durch Entwicklungen in einer Forschungsrichtung, die uns im Solsystem nie ganz geheuer war. Eigentlich waren wir immer gegen solche Experimente. Steht Marvon etwa vor dem Scherbenhaufen einer jahrhundertelangen Fehlentwicklung?«

Die Insel blieb unter ihnen zurück, ein Hügel aus nacktem Gestein. Der Pfropfen des Kamins leuchtete zu den Gleitern empor, und in seiner unmittelbaren Nähe befand sich die Öffnung des Schachts, den sie von Delos bis zur Oberfläche gesprengt hatten.

Über ihnen schwebten die Lastengleiter mit den eingeklinkten Behältern der Dedicateds. Sie nahmen Fahrt auf, gewannen rasch an Höhe und strebten nach Südosten. Die Kabel waren zu sehen, mit denen die Techniker die Kuben an die Energieversorgung der Gleiter angeschlossen hatten.

Jimm wollte es noch gar nicht richtig glauben. Stumm starrte er hinab und suchte die Stelle, wo der Verrückte von dem roten Brei assimiliert worden war. Er fand sie, aber da beschrieb der Gleiter eine Drehung, und das Ufer geriet aus seiner Sicht. Unter ihnen lag der rote Ozean, und er dehnte sich, soweit das Auge reichte. Die Piloten wußten viel aus den letzten Tagen, und sie hatten berichtet, daß sich das Verderben über Tausende von Kilometern ausgebreitet hatte. Vom Felsgebirge bis zu den breiten Strömen der Targetis gab es nichts anderes mehr. Die roten Tränen schluckten selbst das Wasser und wandelten es um.

Im Hangar stand das Schiff und wartete darauf, geflogen zu werden. Sie hatten darauf verzichtet, um den Hangar nicht öffnen zu müssen. Die alte Stadt darunter wäre gefährdet worden. Niemand war bereit, dieses Risiko einzugehen.

Die Gleiter brachten sie nach Isbarn im Großen Südmeer. Dort war die Welt noch in Ordnung. Aber was bedeutete das schon in diesen Tagen, in denen die ersten Millionen-Schwärme den Äquator überquerten und ihren Vernichtungsfeldzug dort fortsetzten, wohin sich die Menschen geflüchtet hatten?

Noger Tennessy saß neben Jimm Forlan und musterte ihn immer wieder aufmerksam.

»Du freust dich gar nicht«, stellte er fest. »Du denkst zu oft an deinen Vater.«

»Na und? Du freust dich auch nicht, oder? Allerdings habe ich dich noch nie richtig froh erlebt. Kein Wunder. Als wir uns kennenlernten, brach gerade die Katastrophe herein. Warst du schon in Isbarn? Wie sieht es dort aus?«

»Es ist eine Stadt auf dem Wasser. Riesengroß und sehr hoch, ein Ungetüm auf dem Ozean. Es gibt mehrere solcher Städte, aber Isbarn liegt am nächsten. Da Marvon keinen Trabanten besitzt und es daher weder Ebbe noch Flut gibt, ist die Bewegung des Wassers recht ausgeglichen. Stürme erreichen lange nicht die Kraft wie etwa auf den Meeren Terras. Was sagte einer der Männer bei der Verladung der Behälter? Über sechstausend Flüchtlinge sind bereits auf Isbarn untergebracht.«

Er beugte sich nach vorn und tippte dem Piloten auf die Schulter.

»Der Sender funkt noch immer. Aber bisher ist keine Antwort eingetroffen. Wir wüßten sie längst, denn die Automatik des Schiffes ist inzwischen programmiert und würde uns mit einem gezielten Funkspruch informieren. Ist das Funkgerät auf die allgemeinen Frequenzen eingestellt?«

»Ja, natürlich. Keine Sorge. Wir erfahren es sofort. Aber erst einmal muß jemand den Notruf empfangen und an die richtigen Stellen weiterleiten.«

Sie flogen den ganzen Tag und die Nacht über. Am Morgen des darauffolgenden Tages erreichten sie das Große Südmeer und nahmen Kurs auf Isbarn.

»Ferngleiterstaffel Schwendernat im Anflug«, meldete der Pilot des Passagiergleiters. »Wir bringen die letzten Überlebenden aus Bovendern. Bodenstation, bitte bestätigen.«

»Hier Isbarn, Kontrolle sechs. Verstanden.«

»Starten Sie einen Rundruf in der Stadt, wegen der Familienzusammenführung. Und schirmen Sie den Landeplatz vor dem Palast des Regenten ab. Wir führen eine Ladung Dedicateds mit uns.«

Der Mann am anderen Ende der Verbindung stieß einen Pfiff aus.

»Das wird heiter. Isbarn hat sich inzwischen zu einer Art Gefängnis für Regenten entwickelt. Die Zahl der Internierten in ihren goldenen Gondeln beträgt inzwischen neun. Alles klar, wir geben eine Mitteilung an die Bevölkerung weiter, was die Überlebenden angeht. Ich unterbreche, denn wir erhalten soeben eine Meldung aus dem Orbit.«

»Halt!« rief Tennessy. »Was ist mit dem Orbit?« Er erhielt keine Antwort, die Verbindung war bereits tot.

»Es ist nicht mehr weit bis zur Stadt«, sagte der Pilot. »Etwa zweieinhalbtausend Kilometer.«

»Was?« rief Gardener von hinten. »Das kann nicht sein.«

»Doch. Isbarn befindet sich auf dem Weg nach Süden in die kühleren Gewässer. Eine Schutzmaßnahme.«

Die letzten vier Flugstunden verbrachten sie schweigend und sinnierend, doch dann deutete Jimm Forlan plötzlich zum Fenster hinaus.

»Seht nur. Dort, die Kugel! Sie kommt auf uns zu. Jemand fliegt mit der ATLANTIC QUEEN!«

Noger Tennessy beugte sich über ihn und blickte ebenfalls hinaus.

»Nein.« Er schüttelte den Kopf. »Das Schiff dort draußen ist größer und moderner. Schau nur. Es fährt die Landebeine aus. Sie sind anders gestaltet, viel graziler. Nicht so plump wie die der Hundert-Meter-Kugel. Leute, das ist ein Schiff von auswärts! Sie haben auf unseren Notruf reagiert.«

Jubel brandete auf. Die Männer und Frauen sprangen auf und drängten zu den Fenstern. Das Schiff besaß einen

Durchmesser von mindestens vierhundert Metern; es glich seine Fahrt an und driftete neben den Gleitern auf die schwimmende Stadt zu.

»Hier Schneller Kreuzer ANTURIO. Wir rufen Isbarn. Erbitten Landeerlaubnis. Unser Ziel ist es, die Stadt zu evakuieren.«

»Hier Isbarn, Dedicated Nolan. Wir heißen Sie willkommen. Folgen Sie dem Peilstrahl und machen Sie über dem Stadtrand halt. Weitere Anweisungen erfolgen später. Ihr Eintreffen kommt überraschend. Wir sind nicht ausreichend vorbereitet.«

»Einverstanden. Wir haben bereits zweihundert Gleiter ausgeschleust, die sich auf den Weg in die betroffenen Gebiete machen.«

»Wir danken Ihnen. Was ist im Orbit vorgefallen? Wir konnten Eruptionen anmessen.«

Die Menschen in Isbarn und in den anfliegenden Gleitern erfuhren, daß die Schiffe von den Orbitstationen beschossen worden waren. Nicht lange allerdings, dann hatten die Regenten nur noch geschmolzenen Schrott statt Waffen zur Verfügung gehabt.

»Alle Regenten, die in den Orbitalstationen aufzufinden waren, sind festgenommen worden und befinden sich an Bord unseres Flaggschiffes. Der Solarmarschall hat sich persönlich dieser Angelegenheit angenommen.«

»Solarmarschall?«

»Reginald Bull.«

Jimm Forlan jubelte. »Reginald Bull, den sie Bully nennen. Mein Vater hat oft von ihm erzählt, als er noch zu Hause war.« Wieder ergriff ihn Wehmut, und sein Blick wanderte weg von dem Schiff nach vorn zur anderen Seite, wo die Lastengleiter flogen.

»Bald«, flüsterte Tennessy. »Bald weißt du es, mein Junge. Freu dich. Du kannst wenigstens hoffen, deine Familie wiederzusehen. Ich habe nie eine gehabt. Ich bin ein Findelkind.«

»Hierher. Kommen Sie zu uns herüber.«

Eine Woge von Kugel-Bosthos drängte sich am Rand des Landeplatzes. Androiden mit Strahlern hielten sie davon ab, blindlings zu den Gleitern zu stürmen. Die Männer und Frauen hatten auch anderes zu tun, als sich um die Kunstwesen zu kümmern. Die Kuben mit den Dedicateds waren wichtiger.

Dennoch blieben sie nicht völlig unbeachtet. Captain Tennessy eilte zu ihnen.

»Hört her! Ihr könnt euch große Verdienste erwerben, wenn ihr mir helft. Und ich gebe euch einen aus; sobald wir diesen Planeten verlassen haben.«

»Was wollen Sie von uns?« Übergangslos war er von zehn, zwanzig dieser Wesen umringt. »Wir nehmen Milch und Schnaps, auch Geld.«

»Sucht Familien aus Bovendern, die sich auf dem Weg hierher befinden. Wenn ihr eine findet, die Forlan heißt, dann bringt sie dort hinüber ans andere Ende des Platzes. Versprochen?«

»Versprochen. Sagen Sie uns Ihren Namen.«

»Captain Tennessy.«

»Alles klar, Captain. Wir sehen uns wieder.«

Sie stoben davon, und er war überzeugt, daß sie bald wieder auftauchen würden. Erste Gruppen von Menschen näherten sich bereits dem Platz, um nach den Ankömmlingen Ausschau zu halten.

Gardener und seine Mitarbeiter kümmerten sich um die Kuben. Diese wurden von den Gleitern abgehängt und an Aggregate angeschlossen, die sich im Palast des Regenten befanden. Dort regierten seit der Gefangennahme des Regenten die Dedicateds wie gewohnt: mit Umsicht und Fingerspitzengefühl. Sie überließen die Betreuung ihrer Artgenossen den Menschen, aus deren Stadt die Insassen der Behälter stammten. Nur ein einziges Mal setzten sie sich mit Gardener und den Piloten der Gleiter in Verbindung, um ihnen mitzuteilen, daß die Ferngleiter dringend abgezogen werden mußten. Sie brauchten sie für die größte Rettungsaktion seit Ausbruch des Verderbens. Ganze Schwärme von Maschinen hoben überall von der Stadt ab und machten sich auf den Weg zur Nordhalbkugel, um die Menschen im ehemaligen Waldland zu finden und zu bergen.

Alles schien sich wenigstens für die Überlebenden zum Guten zu wenden. Als zwei Stunden nach der Landung jemand an seinem Hosenbein zupfte, da ahnte Noger Tennessy schon, daß sein sehnlichster Wunsch in Erfüllung ging.

»Höre«, flüsterte die Kugel, die sich hinter seinen Beinen verbarg. »Wir haben sie gefunden. Sehen Sie dort drüben die Tanten und Großväter, die Neffen und Nichten? Nicht zu vergessen die Mutter mit den Kindern? Das sind sie. Was wird aus unserer Milch?«

Tennessy fischte einen Schein aus der Hosentasche.

»Hundert Pecunios! Wow!« machte der Kugel-Bostho. »Welch Überraschung.«

»Deinen Worten entnehme ich, daß das Geld in Isbarn noch gültig ist. Nehmt es, aber besauft euch nicht. Ihr wißt, welche Wirkung Milch auf euch hat. Sie gärt in euren Mägen ziemlich schnell.«

»Mjam.« Weg war er.

»Jimm.« Tennessy griff sich den jungen Forlan. »Ich habe da etwas. Komm mit.«

Er führte ihn zwischen den Kuben hindurch, so daß sein Adjutant die Gruppe erst relativ spät sah. Jimm stutzte kurz, dann rannte er auf sie zu. Jubelrufe erklangen, helle Kinderstimmen trällerten dazwischen. Tennessy hörte etwas von Spielen und Schwimmen im Meer und freute sich. Er wandte sich ab und widmete sich wieder den Kuben. An einem der Behälter entstanden Risse. Eine Tür bildete sich, und ein Zischen erklang wie bei dem Vorgang, wenn Luft in ein Vakuum eindrang.

»Wenn mich nicht alles täuscht, erlebt der Junge gleich

eine zweite Überraschung«, murmelte er und trat ein. »Sie haben hoffentlich nichts dagegen, wenn ich eintrete, Dedicated.«

»Nein, kommen Sie nur, Tennessy. Ich habe Ihnen immerhin das Leben meines Sohnes zu verdanken.«

Tennessy trat in das Halbdunkel hinein und ergriff die dargebotene Hand. Sie fühlte sich ein wenig schwammig an, aber das würde bald vergehen. »Sie sind bereit?«

»Ja. Denn ich war der erste, der mit der Rückwandlung begann, Tennessy. Daher konnte mich niemand ansprechen. Bei den anderen wird es etwas länger dauern.«

»Dann kommen Sie.« Er schob ihn hinaus, auf die Gruppe zu. Forlan war noch ein wenig unsicher auf den Beinen, aber es ging.

Die Familie war so mit Jimm beschäftigt, daß sie erst auf ihn achteten, als er sie fast erreicht hatte. Übergangslos erstarb der Jubel und machte tiefem Schweigen Platz.

Dorolfinas Lippen bewegten sich lautlos.

»Vater?« machte Jimm und verschluckte sich heftig.

»Ja, ich bin es. Ohne Haare, dafür gesund und munter.«

»Aber ich habe dich doch in dem Bassin gesehen.«

»Ja, mein Sohn. Das war ich auch. In einem Generationen währenden Ringen haben die Dedicateds aber den Regenten abgetrotzt, daß die Gliedmaßen nicht vernichtet, sondern konserviert und lebendig erhalten werden. Die Möglichkeit der Regeneration ist in den Kuben vorhanden. Nachdem die Regentschaften auf Marvon vorüber sind und keine Dedicateds mehr benötigt werden, ist es Zeit, daß wir in unser altes Leben zurückkehren. Sagt jetzt nichts. Laßt euch einfach umarmen.«

»Logbuch der GALILEI, Eintrag vom siebten August. Die Verhöre und Untersuchungen haben ergeben, daß die Schuld tatsächlich bei den geklonten Regenten liegt. Es ist uns gelungen, alle dingfest zu machen. Die letzten werden gerade von Isbarn heraufgebracht. Von den Dedicateds ist weiteres belastendes Material gegen diese Wesen zu erwarten. Das Unheil hat in dem Felsengebirge seinen Anfang genommen, in dem zur Anfangszeit der Kolonisation die biogenetischen Forschungsstationen eingerichtet wurden. Bereits damals wurde der Grundstein für den Untergang gelegt. Wir haben inzwischen erste Ergebnisse von Untersuchungen der Blüten und Blasen, die hier allgemein als rote Tränen bezeichnet werden. Es gibt vorerst kein Mittel, um das Verderben aufzuhalten und diese genetische Mutation zu bekämpfen. Das Verderben wird auch die Südhalbkugel überrollen und Marvon für Menschen und andere Lebewesen unbewohnbar machen. Der Planet ist vermutlich für immer verloren. Wir haben frühzeitig und in all den Jahrhunderten auf die Gefahren eines zu freizügigen Umgangs mit den Möglichkeiten der Biogenetik gewarnt und immer wieder Ignoranz erlebt, angefangen bei den Experimenten der Condos Vasac. Marvon ist ein weiterer Stein in einem Puzzle des Grauens.

Wir haben begonnen, den Planeten zu evakuieren. Mehrere Millionen Menschen haben bereits ihr Leben verloren und sind Bestandteil der zähen, roten Masse geworden. Sehen wir zu, daß wir die Millionen retten, die bisher überlebt haben. Transporter sind angefordert, so daß die größte Umsiedlungsaktion des Jahrzehnts starten kann. Wohin mit diesen Menschen? Es kommen mehrere neu erschlossene Planeten in Betracht, aber wir richten uns so gut es geht nach den Wünschen der Menschen. Auch auf die Androiden und die Bosthos heißt es Rücksicht nehmen. Wollen sie Marvon überhaupt verlassen? Es wird ihnen nichts anderes übrigbleiben.

Reginald Bull, Solarmarschall.«